白狼族長と契約結婚

～仮の花嫁のはずが溺愛されてます～

Hakurou zokuchou to
keiyaku kekkon

Yui Kushino
櫛野ゆい

ration
ikiri

Contents

Hakurou zokuchou to
keiyaku kekkon

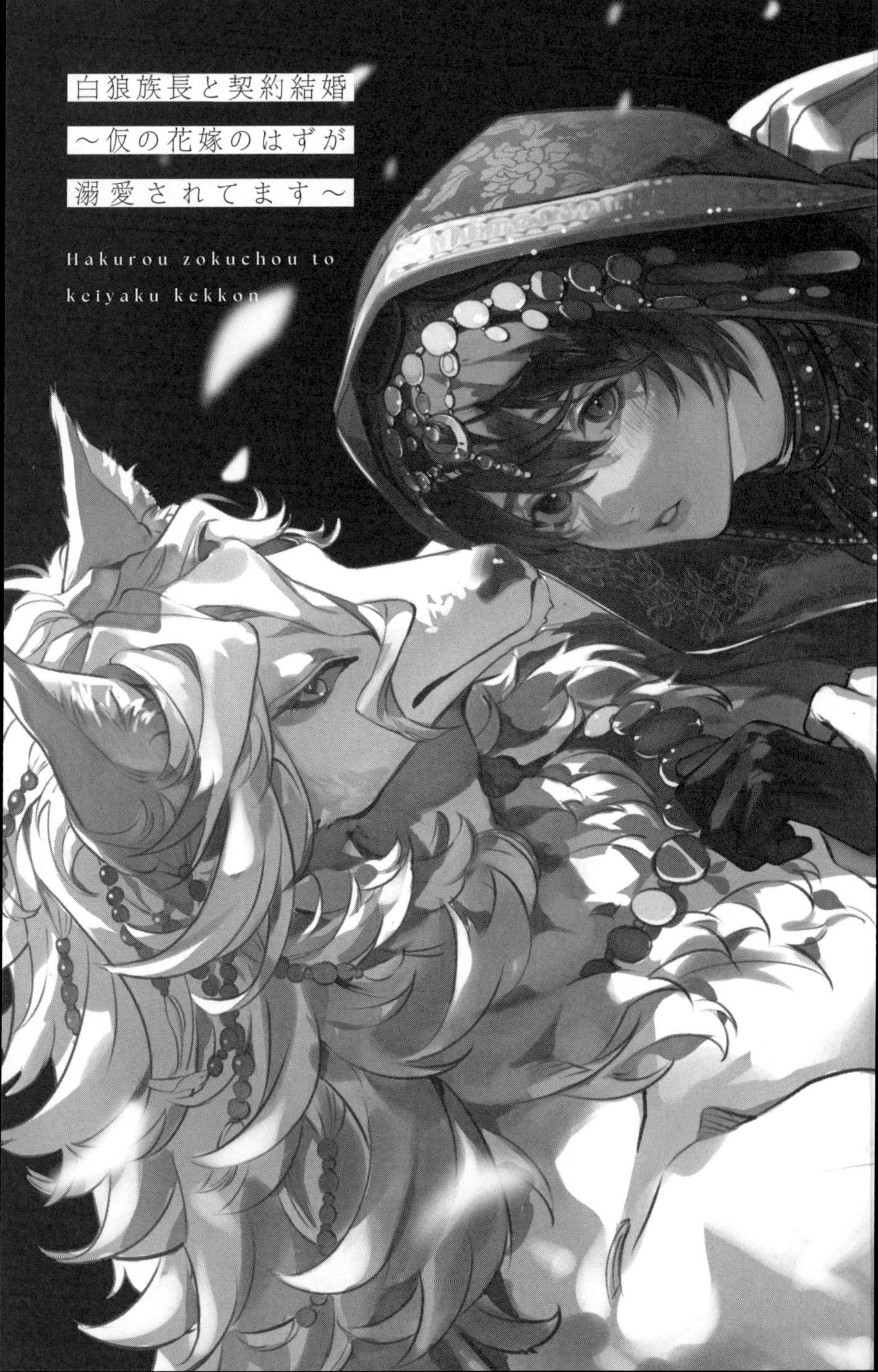
白狼族長と契約結婚
～仮の花嫁のはずが
溺愛されてます～
Hakurou zokuchou to
keiyaku kekkon

ざわざわと、風に木々が揺れている。

日暮れ時、刻一刻と肌寒さを増す森のまっただ中の獣道を、ククリは急ぎ足で進んでいた。

歩いても歩いても似たような、見通しの悪い木立《こだち》。葉が擦《こす》れ合う音も、湿っぽい土の匂いも、草原育ちのククリにとっては馴染《なじ》みの薄いものばかりで、緊張と不安で心がざわわする。

（……落ち着いて、慎重に進まないと）

焦る自分に懸命にそう言い聞かせて、ククリは注意深く辺りを見回した。

見つかるわけにはいかない。

なにせククリは今、婚礼の場から逃げ出してきたところなのだから——。

今年十八歳のククリは、草原の一族の生まれだ。黒く細いやわらかな髪に青みがかった黒い瞳、小さめの鼻と口、小柄で細身な体格と、一族の特徴を色濃く受け継いだ外見をしており、草原の強い風の中でもよく通る澄んだ声をしている。

草原の一族は、家畜を連れて季節ごとに各地を転々と移動する、いわゆる遊牧民族で、普段は組立式のゲルと呼ばれる住居で家族ごとに生活をしている。ククリは両親が二年前に野犬に襲われて他界している為、今は二つ年下の妹と二人暮らしをしていた。

本格的な冬を前にしたこの時期、一族は毎年この森の近くにある、冬でも草が枯れない牧地がある一帯に営地を構える。だが、その営地に滞在するには、とある条件を満たさなければならなかった。

それが、森の奥に棲《す》む獣人一族の長《おさ》に一族の娘を嫁《とつ》がせる、『白い花嫁』である。

『白い花嫁』の始まりは、百年ほど前に遡《さかのぼ》る。

当時、草原の一族と森の獣人一族は犬猿の仲で、争いが絶えなかった。

獣人とは、頭部が獣、首から下が被毛に覆われた人間の体という、獣と人が入り交じったような見た目をしている種族のことを指す。彼らは人間を凌駕《りょうが》する知恵と力の持ち主で、体格もよく、寿命も人間より遥かに長い。種族によっては方術《ほうじゅつ》という、自然の力を利用して嵐や雷を起こす不思議な術を使える獣人もおり、ほとんどの人間は彼らのことを恐れ、忌避《きひ》している。

草原の一族も、昔から森の獣人一族を忌《い》み嫌い、彼らの土地を奪おうと争いを仕掛けていた。しかし百年前、獣人一族に決定的な大敗を喫《きっ》し、以降毎年、営地に滞在する間は人質を出すことになったのだ。

それが、『白い花嫁』だ。

『白い花嫁』は、一族が冬の営地に滞在している間、獣人族の族長の元に花嫁として嫁ぎ、冬を終えると一族の元に帰される契約だ。花嫁とはいえ実際には人質であり、結婚は形だけのものなので、『白い』花嫁と呼ばれている。

ククリは、その『白い花嫁』として獣人一族の長の元に嫁ぐよう命じられたのだ。

とはいえ、これまで花嫁には一族の中から年頃の娘が選ばれる習わしだった。

れっきとした男であるククリが『白い花嫁』となったのには、理由がある――……。

「……っ」

獣道を進んでいたククリは、唐突にくんっと袖を引っ張られて驚いた。思わず身構えかけ、袖が枝に引っかかっているのを見て肩の力を抜く。

（本当に動きにくいな、この衣装……）

ため息をつきつつ、つけていた黒手袋を外して懐にしまい、枝から袖を丁寧に外す。

豪奢《ごうしゃ》な刺繍《ししゅう》と色とりどりの宝石が縫い込まれた真っ赤な婚礼衣装は、一族に代々伝わる『白い花嫁』の衣装だ。

所持品を取り上げられて一文無しの今、ククリにとってこの衣装は唯一の頼みの綱だ。町まで辿り着いたらこの衣装を売って、当座を凌《しの》ぐしかない。いくら重くて邪魔でも捨てるわけにはいかないし、破けたりしたら事だ。

（やっぱり、日が暮れる前に休めるところを探さないと……）

土地勘のない森の中を夜に歩き回るなんて危険すぎるし、これ以上暗くなったらもっと衣装を傷《いた》めてしまうだろう。

どこか適当な場所はないだろうかと辺りを窺いながら先へと進んだククリは、ほどなくしてパッと顔を輝かせた。

木立のせいで見えなかったが、すぐ近くに大きな岩があったのだ。どうやら洞窟《どうくつ》になっている様子で、ちらりと入り口が見える。

（よかった……！　あそこで夜を越そう）

真っ暗になる前に休めそうな場所が見つかって助かった。

ほっとして洞窟に駆け寄ったククリはしかし、飛び込んできた光景に息を呑《の》んだ。

洞窟の入り口に、大きな黒い獣――、熊が、こちらに背を向けて寝そべっていたのだ。

(……っ、まずい……！)

危機感を覚えた次の瞬間、ぴくっと耳を動かした熊がこちらを振り向く。

小さなその目が、侵入者であるククリを捉《とら》えるなり、ギラリと鋭く光って――。

「っ！」

ククリが身を翻《ひるがえ》して駆け出すとほぼ同時に、熊が怒りの咆哮《ほうこう》を上げて突進してくる。

背後から追ってくる、地を揺らすような大きな足音とバキバキッと木々が薙《な》ぎ倒される轟音《ごうおん》に、ククリは無我夢中で走りながら唇を噛《か》んだ。

(なんで……、なんで、熊が……！)

こんなところで熊に出くわすなんてとか、もっと慎重に近づくべきだったとか、様々な思考が一気にワッと湧き上がってきて、頭の中が真っ白になってしまう。

(嫌だ……！　死にたくない……っ、死にたくない……！)

迫り来る獣の荒い息と怒り狂った咆哮に、死への恐怖が込み上げてくる。

と、次の瞬間、ククリは長い裾《すそ》に足を取られ、その場にドッと倒れ込んだ。

「あ……！　っ、く……！」

すぐに身を起こそうとしたククリだったが、立ち上がるより早く熊の爪が迫る。

ブオンッと凄まじい音を立てて振り下ろされた鋭い爪をすんでのところで避《よ》けて、ククリは叫んだ。

「……っ、誰か……！」

こんなところで助けを求めても、誰も来るはずがない。

それでも、叫ばずにはいられない。

死にたくない――……！

「誰か、助けて……！」

ぎゅっと目を瞑《つむ》ったククリの絶叫と共に、熊が一際凄まじい怒号を響かせた、――その時だった。

ビュッと風を切る鋭い音がした次の瞬間、熊が絶叫と共に大きく仰《の》け反る。それまでとは違う、悲鳴じみたその叫びに、ククリはなにが起きたのかと目を開けて、思わず息を呑んだ。

「な……」

熊の目に、槍が深々と突き刺さっていたのだ。

太く長い柄《え》が、まっすぐ天を指していて――。

「どけ！」

不意に、ククリの背後で鋭い声が上がる。振り返ろうとしたククリは、視界をよぎった真っ白な影に大きく目を瞠《みは》った。

――それは、大きな狼、否、狼の獣人だった。

きつく眇《すが》められた金色の瞳に、高いマズル。ピンと立った三角の耳の脇では、白銀の被毛に編み込まれた色とりどりのビーズ飾りが揺れている。

剝《む》き出しになった真っ白な牙と、黒く鋭い爪。胸元でなびく豊かな被毛。

首から下の体軀《たいく》は筋骨隆々とした逞しい人間の男性そのものだが、人間よりもずっと体格がよく、布面積の少ない衣装を身につけていて、全身美しい白銀の被毛で覆われている。

人と獣が交ざり合ったその姿は、まさしく——。

「……っ、獣人……」

呟《つぶや》いたククリを一瞬ちらっと見やった獣人が、すぐに熊に視線を戻し、素早く槍を引き抜く。

一際太い絶叫を上げた熊を睨《にら》み据えて、獣人が鋭く告げた。

「去れ！　去らねばその命、もらい受ける……！」

低い唸《うな》り声を上げた熊が、憤怒《ふんぬ》の表情で獣人に襲いかかろうとする。

先ほどより凶暴なその形相に思わず怯《ひる》んだククリだったが、獣人はくっと目を眇めると、くるりと槍を回し、その柄で熊の鼻っ面をパンッと強《したた》かに打ち据えた。

グォオッと叫んだ熊が、ドッと身を翻して駆け出す。

地面にへたり込んだまま、逃げ去るその背を茫然《ぼうぜん》と見送っていたククリは、警戒を解いて槍をひと回しした獣人に気づき、我に返る。

トン、と槍の柄を地面についた獣人にじっと見つめられて、ククリは急速に込み上げてきた緊張にごくりと喉《のど》を鳴らした。

（これが、獣人……）

森の獣人一族が狼の獣人だとは知っていたが、その姿を目にしたのはこれが初めてだ。

獣人は人間よりずっと大柄だとは聞いていたし、人と獣が入り交じった姿とは一体どんなものなのかとも思っていた。一度見てみたいという好奇心はあったけれど、実際に目の当たりにするとその迫力に恐怖を覚えずにはいられない。

（本当に、こんな種族がいるんだ……。人間でも獣でもない、獣人が……）

目の前の彼は確かに人間と同じ体つきをしているし、先ほどはっきりと人間の言葉を喋《しゃべ》っていた。けれど、その体躯は人間ではあり得ないほど大きく逞しいし、頭は狼そのものにしか見えない。

（……勝てない。こんな生き物に、人間が勝てるわけがない）

本能的にそう思って、ククリは茫然と目の前の獣人を見上げた。

確かな知性と同時に野生の獣の獰猛《どうもう》さが宿る、金色の瞳。圧倒的な体格も、先ほど熊を一撃で貫いたその膂力《りょりょく》、俊敏さも、なにもかも人間を凌駕していて、到底敵《かな》わないと思ってしまう。

自分とはまるで違う、別の生き物。

あの牙が、爪が、こちらに向けられたら、自分などひとたまりもないに違いない。

（この人は僕を助けてくれたけど……、でも、獣人は人を喰うって噂もある……）

自分より遥かに強い生き物が恐ろしくて恐ろしくて、逃げ出したいのに、逃げたら襲われるかもし

れないと思うと、身じろぎ一つできない。

おそらく彼は、『白い花嫁』が婚礼の場から逃げ出したことに気づき、ククリを追いかけてきたのだろう。

どう言い訳しよう、どう取り繕《つくろ》おうと、真っ白になった頭でひたすら考えていたククリだったが、その時、獣人がぐっと一際険《けわ》しい顔つきになる。

（っ、なにか気に障《さわ》った……⁉）

一瞬怯んだククリだったが、獣人はきつく目を眇めると、ククリを見据えて唸った。

「何故、男が『白い花嫁』に……？」

「あ……」

（気付かれた……！）

当然と言えば当然のその疑問に、ククリが震える声でなんとか説明しようとした、――その時だった。

（え……）

ククリの視界の端、獣人の背後の茂みで、なにかがギラリと光る。覚えのあるその憤怒に満ちた光に、ククリは思わず目の前の獣人の腕を摑《つか》んで引っ張っていた。

「危ない！　……っ！」

――次の、瞬間。

ククリの頭の中に、鮮烈な感情がドッとなだれ込んでくる。

『っ、なんだ⁉』

強い驚きと警戒に一瞬思考を塗り潰されかけて、ククリはきつく眉根を寄せた。ぐわんと襲い来る強烈な目眩《めまい》を、懸命に堪《こら》える。

（っ、しまった、さっき手袋を外したから……！）

自分のうかつさに臍《ほぞ》をかみながらも、ククリはぐっと獣人を掴む手に力を込めた。強く引っ張ってもびくともしない彼に、必死に叫ぶ。

「こっちへ……！」

だがその時、獣人の背後の茂みから、先ほどの熊が躍り出てくる。

「……っ！」

なにを考える間もなく、ククリは咄嗟《とっさ》に獣人の前へと飛び出していた。

「な……！」

慌てた様子で叫んだ獣人が、突っ込んでくる熊へと槍を突き出す。と同時に、熊の爪がククリの眼前へと迫った。

「……っ！」

もう駄目だ、そう覚悟してぎゅっと目を瞑った刹那《せつな》、突如首元が後ろに引っ張られ、足が地面から浮く。

思わず目を瞠ったククリは、ふわりという浮遊感と視界いっぱいに映る夕焼け空に混乱した直後、自分の体が宙に放り出されていることに気づいた。――落ちる！

「あ……！」

身構える間もなく落下したククリの背中に、ドッと強い衝撃が走る。どうやら木にぶつかったらしく、バラバラと上から葉が降ってきたが、ククリはそれどころではなかった。

（……っ、息、できない……！）

苦しくて苦しくて、どうにか呼吸しようとハクハクと口を動かすのに、まるで息が吸えない。落ち着いて息をしなければと思うのに、ヒューヒューと喉が鳴るばかりで、焦れば焦るほどどうしていいか分からなくて。

「下がっていろ！」

急速に遠くなる意識の中、獣人の鋭い唸りと共に、熊の断末魔の叫びが聞こえてくる。

その声を最後に、ククリの視界はぐにゃりと歪《ゆが》み、混沌《こんとん》とした意識に溶けていった――。

ククリが今年の『白い花嫁』となったのは、一週間ほど前のことだった。

「……いた！　こんなところまで来てたんだ」

群れからはぐれた羊を探し、牧地の端まで歩いてきたククリは、岩影でうずくまっていた若羊を見つけ、ほっとして歩み寄る。

メエメエと必死に鳴く若羊は、どうやら足を少し怪我《けが》している様子だが、他に変わったところはなく、元気そうだった。

「よしよし、心細かったよね。皆のところに帰ろう」

ずっとひとりぼっちで彷徨《さまよ》い続けて怖かったのだろう。まだ仔羊の面影を残した若羊が、ぶるぶる震えながらメェエエエ！　と一際大きな声でククリを呼ぶ。

苦笑しつつ、ククリはしゃがみ込んで羊を撫でてなだめた。

「もう大丈夫だよ。帰ったらすぐ手当てしてあげるからね」

微笑《ほほえ》んだククリの肩の近くで、ふわりと小さな火の玉が飛ぶ。あたたかな橙《だいだい》色《いろ》のその火の玉には、よく見るとくりんとした小さな目があり、心配そうに羊の顔を覗き込んでいた。

ふわふわと浮かぶ火の玉を見やって、ククリはお礼を言う。

「ありがとう、メラ。君のおかげで無事にこの子が見つかったよ」

本当に助かったとにっこり笑ったククリを見て、メラが嬉しそうに火の粉をポッポッと弾けさせる。

「！」

「照らしてくれるの？　ありがとう」

日暮れ時、暗くなってきた足元を照らしてくれるメラにもう一度お礼を言って、ククリはよいしょと羊を肩に担いで歩き出した。

メラはどうやら、火の精霊らしい。

言葉が通じず、ククリと家族以外にはその姿が見えないようなので真偽のほどは確かめようがないが、少なくともククリはそうだと思っている。

ククリがメラと出会ったのは、もう十年ほど前、八歳の頃になる。

その日、ククリは両親を手伝い、燃料となる小枝を集めに森へ行っていた。

そして、森の端で弱って動けなくなっているメラを見つけ、家に連れて帰ったのだ。

両親が普段火口《ほくち》に使っている穂や獣の毛をあげたところ、メラはじょじょに元気を取り戻し、三日ほどして姿を消した。そしてそれ以来、ククリが困っているとどこからか姿を現して、手助けしてくれるようになったのだ。

暖炉《だんろ》に火を点けたり、暗くなった時に灯り代わりになってくれるのもありがたいが、特に助かるのは、家畜である羊が群れから脱走した時、メラが居場所まで案内してくれることだ。

どうやらメラには、生き物の気配が分かるらしい。羊を狙って狼が来た時も、メラが大きな火の玉となって追い払ってくれるようになった為、ククリの家では大切な財産である家畜を失うことがほぼなくなった。

二年前に両親が亡くなってから今まで、ククリがなんとか妹を養ってこられたのは、メラの助けがあったからだ。

なにせククリは、とある事情で一族の者たちから遠巻きにされているのだから――。

「………………」

若羊の足をまとめて摑む、手袋をした自分の手を見つめて、ククリは無言で唇を引き結んだ。

ククリが一族の者たちから遠巻きにされている理由、それが、この手だ。

実はククリには、右手で触れた人の思考や感情が読めてしまうという力がある。

最初に気づいたのは、メラに名前を付けようと家族で相談していた時のことだった。度々現れては手助けしてくれる火の玉のことをなんと呼ぼうか、みんなで案を出し合っていた時、不意に触れた母の思考がククリに流れ込んできたのだ。

『メラ、はちょっと安直かしら。でもこの子、機嫌がよさそうな時はメラメラ燃えていて、とっても綺麗なのよね』

母の声が直接頭の中で響いた時、ククリはそれが外に発せられた声ではないとは気づかず、僕もそれがいいと思う、と返事をした。そして、不思議に思った両親にどういうことか聞かれ、ククリに特殊な力が備わっていることが分かったのだ。

自分の力に気づいた時、ククリは嬉しくて浮かれずにはいられなかった。

だって、人の気持ちが分かるのだ。この力があれば、周囲の人の気持ちを理解し、悲しみに寄り添うことも、楽しい気持ちを分かち合うこともできる。

自分が授かったのはいい力だと、そう思っていた。

しかし両親は、ククリに手袋を付けて無闇に力を使わないようにと諭したばかりか、力のことを他の人に話してはいけないと言った。

ククリの力は確かに、相手の心に寄り添うことができる、素晴らしいものだ。

けれど、人の心はその人のものだ。

承諾もなく勝手に暴いていいものではないし、それに人と違う力は周囲に誤解されやすい。ククリの力を知って、悪用しようと企《たくら》む人も出てくるかもしれないから、と。

だが、幼いククリは両親の言いつけを不満に思わずにはいられなかった。

せっかく備わった力を使わないなんてもったいないないし、秘密にするなんてつまらない。人の気持ちが分かるのだから、たとえ誤解されたとしてもすぐに解けるし、悪用しようとする人にだってすぐ気づける、と。

渋々両親の言葉に従ってはいたものの、ククリは力を使いたくて仕方がなかった。そしてある日、同じ一族の友達に、こっそり自分の力について話してしまったのだ。

そんな力があるわけがない、と友達はククリの話を真っ向から否定した。本当にそんな力があるなら証明してみせろよと挑発されて、ククリは一族の人たちに次々触れ、考えていることを言い当てた。

――噂が広まるのは、あっという間だった。

周囲はククリのことを気味悪がり、友達もククリから離れていった。ククリがどんなに誤解を解こうとしても、悪用するつもりはないと言っても、もう誰もククリの言葉に耳を貸してはくれなかった。ククリは家族以外の誰からも触れられることを拒否され、ついには長であるビャハから、一族の他の人たちに近寄らないよう命じられたのだ――。

（……こんな力、あったってなんの役にも立たない）

忌まわしい力の象徴である手袋から目を背けて、ククリは小さくため息をついた。

ククリのせいで周囲から白い目で見られるようになっても、両親はククリを一切責めず、懸命に育ててくれた。

ククリの力についても、いつかきっと人を助けることができる力だと、人にはない力を授かったことには必ずなにか意味があると、ずっとそう言い続けてくれていた。

けれど結局、ククリのこの力がなにかの役に立ったことなど、これまで一つもなかった。

二年前に両親が野犬に襲われて亡くなった時も、そうだった。保護者を失ったククリに、長は妹のツィセを連れて一族から出て行けと命じたのだ。

結局その時は補佐役が長を取りなし、ククリとツィセが一族に残れるよう取りはからってくれたけれど、自分の力のせいでツィセまで居場所を失うところだったことは、ククリの心に大きな傷跡を残した。

両親の言葉を否定したくはないけれど、それでもこの力が誰かの助けになるなんて、到底思えなくなった——。

(僕とツィセが今まで生きてこられたのは、一族の人たちのおかげだ)

両親の死後、ククリたちを助けてくれたのは、一度はククリを拒んだ一族の人たちだった。

突然両親を亡くした二人を憐《あわ》れんだのだろう。

長からククリに関わらないよう命じられている為、直接ククリと言葉を交わすことはほとんどないものの、妹のツィセを通じて料理をお裾分けしてくれたり、季節ごとに二人分の新しい服を仕立ててこっそり家の前に置いておいてくれたりする人が現れたのだ。特に補佐役は狩りで大きな収穫があった時には、長に内緒でこっそりククリたちの分を届けてくれたりもして、ククリたちをちゃんと一族の仲間扱いしてくれていた。

そういう一部の優しい人たちとメラのおかげで、ククリは今までツィセと二人でなんとか頑張ってくることができた。

だがその生活も、そろそろ変わる時が来ているのかもしれない——。

(……次の営地に移る前に、母さんの花嫁衣装、一度虫干ししておかないとな)

もしかしたら来年の今頃には必要になるかもしれないと、ククリはうきうきと胸を弾ませ、顔をほころばせた。

今、ククリたちが滞在している秋の営地は、大きな町と森のちょうど中間にあり、一族の人たちは森の恵みを度々町に売りに行っている。

ククリは力のこともあってあまり町へは行かないが、妹のツィセは頻繁に赴《おもむ》いていた。

そしてどうやらツィセはその町で、薬屋の跡取り息子であるユージンという青年と知り合い、仲良くなったらしい。ククリも一度会ったが、ツィセより二つ年上、ククリと同い歳の物静かな青年で、仕事熱心で真面目で、なによりツィセのことをとても大切に思ってくれている様子だった。

もうすぐ冬の営地に移らなければならない為、二人はしばらく離れることになるが、あの様子ならきっと手紙のやりとりは続くだろうし、来年には一緒になりたいと言い出すだろう。

(ツィセももう、そんな年頃なのか……。あっという間に大きくなって)

両親が亡くなってからはククリがツィセの親代わりだった為、一際感慨深い。

一族から遠巻きにされている自分が果たしてツィセを養っていけるのかと悩んだこともあったが、手を離さないで本当によかった。

ツィセを送り出すことができたら、少しは両親に顔向けできる気がする——。

(……それまでに、長からツィセの結婚の許しをもらわないと)

一族以外との結婚は、長であるビャハの許可が要る。

通常なら簡単に許可が下りるが、ビャハはククリのことを毛嫌いしている為、すんなり承諾してくれるとは限らない。補佐役たちがククリとツィセを気にかけてくれるようになっても、ビャハだけは以前と変わらずククリの力を気味悪がっており、近寄ることすら許されていないのだ。

(長と話すのは気が重いけど……、でも、ツィセの為だ)

ツィセがお嫁に行くのは寂しいけれど、今までずっと自分を支えてくれた大切な妹には、絶対に幸せになってほしい。

妹の花嫁姿を想像するだけで、じんと目頭が熱くなって、ククリは気が早い自分に少し笑ってしまった。

（……ちゃんと、送り出さないと）

両親の分まで、自分がツィセにできる限りのことをしてあげたい。

メラと共にゲルまで帰り着いたククリは、足の怪我の手当てをしてから、群れの中に若羊を帰した。

「さ、皆のところにお行き」

メェエエエ！　と元気いっぱいに鳴いた若羊が、一目散に仲間の元へと駆け寄る。

メェメェと若羊を迎える羊たちをしばらく眺めてから、ククリは肩のところでふわふわ浮いているメラに微笑みかけた。

「今日はありがとう、メラ。本当に助かったよ」

メラの為に分けておいた、とっておきの羊毛をあげると、メラが嬉し気に炎を揺らめかせながら羊毛を取り込む。

「！　……！」

心なしかつやつやと艶を増した炎の精霊は、にこにこパチパチと火の粉を瞬かせながら、すうっと姿を消した。またね、と手を振って別れて、ククリもゲルへと戻る。

「ただいま。ツィセ、羊見つかったよ……、っ」

入り口の幕を上げつつ、弾んだ声を上げたククリはしかし、途中で息を呑む。ゲルの中にはツィセともう一人、一族の長であるビャハがいたのだ。

「……お久しぶりです、長」

あまりいい思い出がない老翁《ろうおう》の訪問に、ククリは思わず身構えてしまう。一気に緊張が走ったククリをじろりと睨んで、ビャハが不満そうにフンと鼻を鳴らした。

（長が僕のところに来るなんて、一体なんの用だろう……）

ククリのことを嫌っているビャハがゲルまで訪ねてくるなんて、滅多にないことだ。

不安な気持ちに駆られたククリだったが、ふと見えたビャハの背後のツィセの様子に驚いてしまう。

「ツィセ？　どうしたんだ⁉」

ビャハに気を取られて気づくのが遅れたが、ツィセの目は真っ赤に泣き腫れていたのだ。

慌ててククリが駆け寄ると、ツィセはくしゃりと顔を歪めて大きくしゃくり上げた。

「お兄ちゃん……っ」

ククリに抱きつくなり、ツィセがワッと泣き出す。普段から明るく、泣くことなんて滅多にない妹の涙にすっかり動転してしまって、ククリは懸命にツィセの頭を撫でてなだめた。

「落ち着いて、ツィセ。一体どうしたんだ？　なにがあった？」

ツィセが泣くなんて、よほどのことがあったに違いない。

焦る気持ちを懸命に堪えて、優しく問いかけたククリに、ツィセが声を詰まらせながらもなんとか言葉を紡《つむ》ぐ。

「お……っ、長が、今年のし……、『白い花嫁』は私だって……っ」

「な……」

予想だにしていなかった一言に、ククリは驚いて息を呑んだ。

白い花嫁？　――ツィセが？

「本当ですか、長……！」

思わず振り返り、詰め寄ったククリに、ビャハが忌々《いまいま》しそうに鼻を鳴らす。

「なんだ、その顔は。親のいないお前たちを今まで置いてやっていたんだ。一族の為に喜んで引き受けて当然のことだろう」

「……っ」

横柄なビャハの物言いに、ククリはぐっと歯を食いしばって言葉を呑み込んだ。

悔しくてたまらないが、こちらを見下すビャハの態度は今に始まったことではない。それに、おそらくは一族の他の人たちの口添えがあってのことだろうが、特殊な力を持つ自分を一族の末席に置いていてくれたことは事実だ。

（でも、だからと言ってなんの相談もなくツィセに『白い花嫁』を押しつけるなんて酷すぎる……！）

形だけの結婚とはいえ、年頃の娘たちにとって『白い花嫁』に選ばれるのは恐怖でしかない。

獣人は獣のような見た目で力も強い、獰猛で恐ろしい種族だと言われているし、たとえ『白い花嫁』の役目を終えて戻ってきても、獣人族に嫁いだ娘というだけで縁談を断られたりする。

ユージンはそんなことで態度を変えるような青年ではなさそうだったが、それでも結婚となると本人同士の意思だけでは進められないのが現実だ。もし彼の家族が難色を示せば、二人の結婚は難しくなってしまうだろう。

――しかも。

「……お言葉ですが長、獣人一族に嫁いだ『白い花嫁』は、もう三年も前から帰ってきていません」

声を荒らげそうになる自分を懸命に律して、ククリはビャハを見据えて言った。

娘たちが『白い花嫁』の役目が回って来ることを恐れている理由は、なにも獣人が恐ろしい存在だと思われているからというだけではない。

それまで約束通り無傷で帰されていた『白い花嫁』が、三年前から急に帰されなくなってしまったのだ。去年も一昨年も、獣人族は引き渡しの場に花嫁を迎えには来るものの、冬を越えて約束の日になっても返還の場に現れず、もう三人もの娘が行方不明になっている。

抗議しようにも獣人族の住処は誰も知らず、翌年の引き渡しの場で問いつめても知らぬ存ぜぬで、聞く耳持たず花嫁を連れていってしまうという話だった。一族内で『白い花嫁』などもうやめようと何度も話し合われたが、他に冬を越せる営地もなく、獣人族と戦えるだけの武力ももはやない為、結局毎年花嫁を差し出し続けているのだ。

一族の中には、獣人族が花嫁を喰ってしまったのだと噂する者もいる。

年頃の娘がいる家の者たちは、毎年この時期になると、自分の家族が『白い花嫁』に選ばれませんようにと祈っている――。

(このままじゃ、ツィセも同じ目に遭ってしまうかもしれない……。そんなの、絶対に駄目だ)

おそらく長は、ツィセなら行方不明になっても抗議するのはククリだけだろうと踏んで、今年の『白い花嫁』にツィセを選んだのだろう。だが、大切な妹をみすみす危険な目に遭わせるわけにはいかない。

ククリはぐっと拳を握りしめると、ビャハに向かって頭を下げた。

「お願いします、長……！　どうかツィセを『白い花嫁』にするのはやめて下さい！　獣人族はきっと、今年も花嫁を帰してはくれない……。僕はツィセを失いたくないんです……！」

「……お兄ちゃん」

ククリの背後で、ツィセが涙声で呟く。心細そうなその声に、ククリは一層強く眉根を寄せ、深く頭を下げた。

(……僕が、守らないと)

長の決めたことに逆らえば、一族を追い出されるかもしれない。

それでも、ツィセを失うなんて考えたくもない。

絶対に、ツィセを『白い花嫁』にはしない――……！

必死に頭を下げ続けるククリに、ビャハはしばらく無言だった。ややあって、皮肉と嫌みを煮詰めたような声が聞こえてくる。

「随分と身勝手なことを言うものだな、ククリ。ツィセが役目を引き受けなければ、他の娘が犠牲になる。お前はその娘の家族の前でも、同じことが言えるのか？」

「……っ、それは……」

誰だって、大切な家族を失いたくない気持ちは一緒だ。

それは、分かる。

だが、だからと言ってツィセを差し出すことなんてできない。

黙り込んだククリを見やって、ビャハがフンと鼻を鳴らす。

「身勝手な上に覚悟も足りないとはな。……だが、ここで突っぱねてお前たちに逃げられては、こちらも困る。だから、条件をやろう」

「条件？」

思わぬ一言に、ククリは顔を上げて聞き返した。ビャハが頷《うなず》いて言う。

「ああ。お前がそれを呑むなら、ツィセを『白い花嫁』にすることは見送ってやってもいい。どうだ、乗るか？」

「…………」

ニタリ、と嘲《あざけ》るような笑みを浮かべるビャハに、ククリは一瞬躊躇《ためら》った。

てっきり罵《ののし》られ、突っぱねられるだろうとばかり思っていたのに、待ち構えたように条件を出してくるなんて、どう考えても怪しい。

だが今は、他にツィセを助ける手だても思いつかない――。

「……どんな条件ですか？」

「お兄ちゃん……っ」

慎重に聞き返したククリに、ツィセが思わずといった様子で声を上げる。

だが、これ以上ツィセをこの話題に関わらせたくなくて、ククリは手で妹を遮り、ビャハに再度問いかけた。

「それは、僕にできることでしょうか？　なにをすれば、妹を見逃してもらえますか？」

「……簡単なことだ」

ククリが簡単に飛びつかなかったのが気にくわなかったのだろう。今にも舌打ちしそうな表情で、ビャハが告げる。

「妹の代わりに、お前が『白い花嫁』になれ」

「え……」

一瞬、頭が真っ白になって、ククリは言葉を失ってしまった。

(僕が『白い花嫁』って……、……僕が？)

男の自分が花嫁だなんて、聞き間違いか、あるいは冗談だろうか。

だが目の前のビャハは、とても冗談を言っているような雰囲気ではない。

「あの……、今、なんて……」

戸惑って聞き返したククリに、ビャハが苛々と声を荒立たせる。

「何度も言わせるな。お前が『白い花嫁』として獣人族の元に行けと言ったんだ」

「で……っ、でも長、僕は男で……」

焦りつつもどうにか声を絞り出して、ククリは必死に抗議しようとした。だがビャハは、目を細く眇めて鼻を鳴らす。

「フン、どうせ人質なのだから、わざわざ性別を確かめることなどなかろう。そもそも獣人族が人間の性別を気にするとも思えんしな」

「……っ、そんな……」

乱暴なことを言うビャハに、ククリは目を丸くしてしまった。

いくらなんでも無茶な話だ。小柄とはいえ、どう見ても自分は男だし、すぐに気づかれてしまうに決まっている。形ばかりの結婚とはいえ、送り込まれた花嫁が男だなんて、獣人族が怒らないはずがない。

もし彼らの機嫌を損ねたら、一族に危険が及ぶかもしれない。

事は自分たちの問題だけではない――。

(いくらなんでも、男を花嫁として送り出すなんて無茶すぎる……!)

さすがにビャハをとめようとしたククリだったが、それより早くビャハが口を開く。

「そんなことより、問題は向こうの族長だ。どうやら獣人族の族長は、今年代替わりしたらしい。新しい族長がどんな奴なのか、お前、その力で探ってこい」

「……っ、力って……」

手袋をした手をぎゅっと握りしめて、ククリは呻《うめ》いた。

（……そういうことか）

ようやく、ビャハの言動が腑に落ちる。

彼は最初から、ククリに獣人族族長の様子を探らせようと考えていたのだ。

ツィセを『白い花嫁』に指名したのも、おそらくククリが反対して、どうかやめてくれと泣きつくのを見越した上でのことだったのだろう。

ビャハは最初から、ククリの力を利用するつもりだったのだ――。

（っ、僕が断れないからって、足元を見て……）

さんざん自分の力を嫌悪し、一族から遠ざけておいて、都合のいい時だけ利用しようだなんて、あんまりだ。しかもツィセを盾にするだなんて、卑怯にもほどがある。

汚い手口に怒りを覚えながらも、ククリはぐっと唇を引き結んで懸命に堪えた。

堪えるしか、引き受けるしか、ない。

こんな傍若無人な扱いをされるなんて悔しいし、人の気持ちを探るなんて、そんな卑怯な真似はしたくない。しかも、今までずっと自分たちを虐《しいた》げてきたビャハの為だなんて、尚更ごめんだ。

けれど、自分がここで拒んだりしたら、ビャハはツィセを無理矢理連れていって『白い花嫁』にしてしまうだろう。

ツィセをそんな目に遭わせるわけにはいかない。

ツィセだけは、絶対に守らなければならない——。

「……分かりました」

顔を上げて、ククリは唸った。

まっすぐビャハを見据えて、きっぱりと言う。

「獣人族のところには、僕が行きます。ですからどうか、ツィセのことは見逃して下さい」

「駄目よ、お兄ちゃん！　それなら私が……っ」

慌てて背中にすがりつくツィセを見やって、ククリは首を振る。

「ツィセはユージンと一緒になるんだ。いいね？」

「……っ、そんな、なにを言って……」

驚いて目を瞠るツィセを制して、ククリはビャハに向き直る。

「長、妹には将来を誓い合った相手がいます。万が一僕になにかあった時のことを考えて、次の営地に移る前に、妹をその相手に嫁がせてもいいでしょうか」

妹とユージンの仲がまだそこまで進んでいないことを承知の上で、ククリはそう言い切った。

（……逃げるしかない）

じっとこちらを見つめるビャハに悟られないよう、表情を変えずに思う。

ビャハはああ言っていたが、『白い花嫁』が男だということは、すぐに獣人族に気づかれてしまうだろう。そうなった時、ククリにだけ怒りがぶつけられるのならまだしも、もし獣人が草原の一族を襲ったりしたら事だ。

長のことだから、すべての責任をククリに押しつけ、ツィセを見せしめにしようと考えるかもしれない。

ならばもう、ツィセを安全な場所に送り出した上で、逃げるしかない。

（獣人族に引き渡されてしまったら、生きて帰れる保証はない。その前に逃げ出さないと……）

ククリに獣人族族長のことを探らせたいという腹づもりのある今なら、ビャハはツィセの結婚を認めるだろう。

そう踏んだククリの予想は、間違っていなかったようだった。

「……いいだろう。ただし、婚礼の支度は自分たちで調《ととの》えろ。今の時期は皆、自分たちが冬を越す準備で手一杯だからな」

皮肉げにそう言うビャハに、ククリは頷いた。

「分かりました。ありがとうございます、長」

町の一族の元に嫁入りともなれば、通常は一族を挙げて花嫁の支度を調えるものだ。いくら冬支度があるとはいえ、なにもする気がないというのは、どう考えても嫌がらせだ。

けれど今は、ビャハの許しを得られただけでも十分だ。

これでツィセは、正式に想い人の元に嫁げる。

よかった、とほっとしたククリを冷めた目で眺めて、ビャハが言う。

「妹の件を認めてやるんだ。せいぜい役に立つ情報を摑んで来いよ。獣人族の弱みを探るくらい、その力を使えば簡単だろう？」

フン、と鼻を鳴らして嘲笑したビャハが、出入り口の幕を上げてゲルの外へと出ていく。

幕が下りた途端、ツィセが怒りを爆発させた。

「っ、なにあれ！　あんなの、最初からお兄ちゃんの力を利用するつもりなのが見え見えじゃない！」

「しー、ツィセ。聞こえるから……」

まだ近くにいるビャハに聞こえてしまうと慌てたククリだったが、ツィセはキッとこちらを睨むなり、一層大きな声で兄をなじった。

「お兄ちゃんもお兄ちゃんよ！　なんで勝手に結婚なんて言い出すの⁉　しかも、私の代わりに『白い花嫁』になるって……！」

言い募るうちに興奮してきたのだろう。両手で顔を覆ったツィセが、ワッと泣き出す。

「……っ、お兄ちゃんのバカ……！　なんで、あんなこと言っちゃったの……⁉　なんで……！」

「……ツィセ」

「わ……、私、嫌だよ……っ、私のせいでお兄ちゃんが獣人に喰べられるなんて、絶対に嫌……！」

号泣するツィセを抱きしめて、ククリは苦笑した。小さい頃によくしてあげたように、ぽんぽんとその背を軽く叩く。

「大丈夫だよ、ツィセ。獣人が人を喰べるなんて、そんなのただの噂だ。母さんも言ってただろう？獣人はそんなことしない、優しい獣人もいるって」

生前の母の言葉を引き合いに出して、ククリは懸命にツィセをなだめた。

実は、ククリとツィセの母は、父と結婚する前、『白い花嫁』として獣人族の元に滞在したことがあったらしい。

母の話では、獣人の里には花嫁専用の屋敷が用意されており、『白い花嫁』はそこに軟禁されるしきたりらしい。獣人たちはあまり花嫁と関わり合いになろうとはせず、母が言葉を交わしたのは世話係として付けられた高齢の獣人と、護衛役兼見張り役の獣人で、どちらも女性だったと言っていた。

母はどうやらその見張り役の女性の獣人と打ち解け、友情を育んだらしい。三年前に『白い花嫁』が行方不明になり、獣人の仕業だと話題になった時も、獣人はそんなことはしないと主張していた。

人間と同じで、獣人にも善良な者も、邪悪な者もいる。

あの里の獣人は人間を嫌っているが、それでも人間を喰うような者はいない、と――。

（母さんはああ言ってたけど、もう三年も『白い花嫁』の失踪が続いているから正直僕も獣人の仕業だろうと思っていたけれど……、でもそんなこと、ツィセには言えない）

今はとにかくツィセを落ち着かせなければと、ククリは穏やかな声でゆっくり言い聞かせた。

「今まで『白い花嫁』が帰ってこなかったのには、きっとなにか他に事情があったからだよ。それに、僕は獣人族のところには行かない。その前に、こっそり逃げるつもりだ」

「え……っ」

驚くツィセに、しー、と声を抑えるよう示して、ククリは一層声をひそめた。

「長はああ言ってたけど、僕が男だって獣人族が気づかないはずがない。それに、たとえ相手が人間じゃなくても、勝手に気持ちを探るなんて真似、僕はしたくない」

人の心は、その人のものだ。承諾もなく勝手に暴いていいものではない。

両親の言葉は、今もククリにとって大切な教えだ。

ツィセもその言葉を覚えていたのだろう。頷いて言う。

「お兄ちゃんが向こうの族長の情報を摑んだところで、きっと長は悪用しようとするだろうしね」

「うん、僕もそう思う」

代々長を務めている家の出だからと、長の座についているビャハだが、『白い花嫁』の件だけでなく、毎年長に差し出す羊の頭数を突然増やしたりと横暴が目立ち、一族から不満の声も多い。

長に反発する者たちは補佐役に相談することも多いようで、ククリとツィセを陰ながら助けてくれている筆頭もその補佐役だった。

「長の動向は、補佐役にも伝えておく。獣人族が攻め込んでこないとも限らないしね」

「……っ、お兄ちゃん、もしかしてそれで、私にユージンと一緒になれって言ったの？　私を守る為に……」

ククリの言葉に、ツィセがハッとしたように問いかけてくる。

ククリは頷いて、ツィセに謝った。

「ツィセの気持ちも聞かず、勝手に話を進めてごめんね。でも、どうしても、ツィセを一人で残していくのは心配なんだ」

「お兄ちゃん……」

「ユージンなら、きっとなにがあってもツィセを守ってくれる。向こうの家には僕から話をしに行くから、今回は僕のお願いを聞いてほしい」

草原の一族では、娘の結婚は家長が決める習わしではあるが、ククリとしてはツィセが望む相手との縁談を進めたいとずっと思っていた。ツィセがこの人と結婚したいと言い出すまで待つつもりだったのに、結局こんな形で結婚を押し進めることになって申し訳ない。

（それでも、ツィセだけは絶対に守りたいし、幸せになってほしい）

ククリの真剣な思いが伝わったのだろう。ツィセがぐっと表情を改めて頷く。

「……分かった。でも、ユージンのところには私もお願いに行く。私が、ユージンと結婚したいから」

袖口で涙を拭ったツィセは、ククリをじっと見つめて言った。

「私のことを考えてくれてありがとう、お兄ちゃん。でも、絶対、絶対無事に戻ってきて……」

せっかく泣きやんだと思ったのに、言葉尻がまた涙でかすれてしまう。

優しい妹に苦笑して、ククリは再びぽろぽろと泣き出したツィセを抱きしめた。

約束する、と小さく呟きながら。


——ぼんやりと、思考が形を持ち始める。

重く霞《かすみ》がかった頭ではうまく物事が考えられなくて、ククリは泥のような意識の中を漂っていた。

(……体、痛い……)

全身がまるで鉛《なまり》のように重くて、指一本動かせない。目を開けることすらままならなくて、体のあちこち、特に背中がギシギシと軋《きし》むように痛んだ。

(僕……、……?)

何故こんなにも背中が痛むのか、自分は一体どうして寝ているのかと疑問に思ったククリだったが、その時、瞼《まぶた》の向こうにゆらゆらと光の揺らぎを感じる。

覚えのあるあたたかな橙色のその光に、ククリは懸命に重い瞼を上げた。

「……メラ……」

うっすらと開けた視界には、メラが浮かんでいた。心配そうにこちらを覗き込んでいたメラが、ククリと視線が合うなりニコッと安堵の笑みを浮かべて火の粉を弾けさせる。

すいっと移動したメラが視界から消えたところで、ククリはドッと襲ってきた疲労感に負けて再び目を閉じた。

(どうしてメラが……、ああ、駄目だ、すごく体が重い……)

そのまままた泥のような意識に呑まれかけたククリだったが、その時不意に、ぽわっと背中にやわらかな温もりが宿る。

まるで真冬の太陽のようなその温もりは、腕や足など、ククリが痛みを感じている場所に次々に点《とも》っていき――、不思議なことに、温もりを感じた場所の痛みが少しずつやわらいでいった。

(まさかこれ、メラ……?)

もしかしてメラが癒してくれたのだろうか、そんな力まであったのかと驚きながら、随分楽になった体にほっと息をついたククリだったが、次の瞬間、メラの温もりがパッと掻き消える。

ククリが不思議に思うのと同時に、誰かの足音が近づいてきた。

(……誰だろう……)

すっかり意識が覚醒したククリは、緊張に身を強ばらせながら息をひそめ、様子を窺う。

すると、ククリのすぐ脇で足音がぴたりとやみ、誰かが静かに腰を下ろす気配がした。

じっと、見つめられている視線を感じる――。

(……っ、どうしよう……、今起きた振りをして、目を開けてみる?)

一体誰なのか、これはどういう状況なのかと混乱しかけたククリだったが、その時、不意にその誰かが身じろぎする気配がして、額になにかが触れてくる。

大きくてあたたかいそれは、どうやら誰かの手のようだったが、それにしては不思議な感触をしていた。形は確かに人間の手のようだが、やけに大きく、その上何故か動物のような、やわらかな毛に覆われている様子なのだ。

（……誰なんだろう）

手袋でもしているのだろうか。熱を確かめてくれているみたいなのに何故、と不思議に思ったククリだったが、大きなその手はまるで壊れ物に触れるかのように、そうっとククリの額を覆い続けている。

（あったかい……）

どこかおっかなびっくりな気配のあるその手に、ククリは知らず知らずの内にほっと肩の力を抜いていた。誰の手かは分からなかったが、自分に危害を加えるとはとても思えなかったのだ。

大きいし、感触も不思議だけれど、この手はきっと自分を傷つける手ではない――。

と、大きなその手が慎重にククリの額から離れていく。

一体誰なのか、薄目を開けて確認してみようかと思いかけたククリだったが、その時、右手に突然なにかが触れてくる。

（……っ！）

『熱はない様子だが、脈はどうだ……？』

ククリが驚くのとほぼ同時に、頭の中に手の主の思考が流れ込んでくる。

耳馴染みのない低い男の声に、ククリは混乱してしまった。

(誰……!?)

先ほどとは違う意味で、指一本動かせない。

緊張に息をひそめるククリをよそに、大きな手の主はククリの手を取ると、手首に指を押し当てて脈をはかり始めた。

『……一応生きてはいる、か。しかし人間は、脈までひ弱なんだな』

ククリの脈を確かめた男が、ふう、と息をつく気配がする。早く手を放してほしいのに、男はあろうことか両手でククリの右手を持ち上げて検分し始めた。

『……小さい』

じっと、視線が注がれているのが分かる。

『指なんて、まるで小枝だな。細くて華奢で……。簡単に折れそうだ』

(……っ、折る!?)

物騒な言葉に、ククリは思わず身を強ばらせた。反射的に目を開けそうになったのをなんとか堪えて、気を失ったままの振りを続ける。

(今、人間って言ってた……。まさかこの人、獣人？)

意識を失う直前、熊に襲われた自分を獣人が助けてくれたことを思い出す。大きさといい、獣のような被毛の感触といい、おそらくこの手の主はあの真っ白な狼の獣人だろう。

（逃げないと……！）

今自分が置かれているのがどういう状況か分からないけれど、指を折られてはたまらない。

相手は人間を喰うと噂のある、獰猛で恐ろしい獣人なのだ。指の一本や二本、簡単に折られてしまってもおかしくない。

懸命に息を押し殺し、逃げ出す隙を窺おうとしたククリだったが、その時また、頭の中で獣人の声が響く。

『人間がこんなに小さくて軽い生き物だと知っていれば、あんなに強く放り投げたりしなかったものを……。可哀想なことをしてしまった』

（……あれ？）

沈んだ声音に、ククリは内心驚いてしまった。

（可哀想って……、僕のこと？）

あまりにも予想外の言葉すぎて、一瞬意味が分からず戸惑ってしまう。

獣人は獣と変わらない、人の心などない生き物のはずだ。

弱肉強食で残忍で――、その獣人が、可哀想？

一体どういう風の吹き回しなのか、でも自分のこの力で分かるのは確かに相手の本音のはず、と混乱するククリをよそに、なおも獣人の思考が流れ込んでくる。

『それだけじゃない。俺は彼に庇《かば》われてしまった。族長である俺が、父の仇《かたき》である人間に借りを作るなんて……』

「……っ!?」

族長という単語に驚いて、ククリは思わず目を開けてしまった。途端、こちらを覗き込んでいた金色の瞳とバチッと目が合う。

「ぁ……」

目の前にいたのはやはり、あの狼の獣人だった。

ククリが起きていることに気づいていなかったのだろう。大きく目を見開いた獣人が、白銀の被毛に覆われた耳を驚いたようにピンと立たせる。

しかしその目はすぐにスッと眇められ、黒い鼻の頭に思い切り皺《しわ》が寄った。

（……っ、まずい……！）

まさに今にもこちらに飛びかからんばかりの表情を浮かべる獣を前に、どうしよう、どうすればと焦ったククリをよそに、獣人がゆっくりと身を起こす。表情とは裏腹に、慎重な手つきでククリの手を放した獣人は、低い声で唸った。

「……気がついたか」

上質な毛織物のようになめらかなその声は、先ほどまで自分の頭の中に響いていた声と一緒だ。

（この人が……、獣人族の、新しい族長）

図らずもビャハに命じられた相手と接触してしまっていたことを知り、ククリは緊張にごくりと喉を鳴らす。

おそらくそれを混乱と脅えと取ったのだろう。寝ているククリの横に胡座《あぐら》をかいていた獣人は、座ったまま少し後ろに下がって言う。

「君に危害を加えるつもりはない。安心……、はできないかもしれないが、こちらに敵意がないことは信じてほしい」

「……はい」

精一杯自分を気遣ってくれている獣人からそっと視線を逸らして、ククリは頷いた。

彼に敵意がないことは確かだろう。先ほど読みとった彼の思考が、なによりの証《あかし》だ。

（少なくともこの人は僕を傷つけるつもりはない。……獣人、だけど）

とはいえ、人間を喰う恐ろしい獣人が本当にあんなことを考えていたのか、まだ少し信じられない気持ちだし、目の前の彼は明らかに人間とは違う見た目をしていて、怖いと思わずにはいられない。

（もしかしたら三秒後には気が変わって、襲いかかられるかもしれない……）

なにせ相手は自分とは違う種族なのだ。なにがあってもおかしくはない。

目を合わせるのも怖くて、ククリは警戒しながら身を起こし、そろりと辺りの様子を窺った。

「……ここは？」

どうやら自分は、幾枚も重ねられた分厚い毛皮の上に寝かされていたらしい。服も、装飾の多い花嫁衣装から簡素な貫頭衣に着替えさせられている。

サッと見渡した限り、部屋の壁や床は丸太の木組みで、窓は閉まっていた。おそらく獣人の体格に合わせて作られているのだろう。部屋は広々としていて天井も高い。

「あなたは……」

相手を刺激しないよう、体にかけられていた毛皮を引き寄せながら慎重に聞いたククリに、獣人が名乗る。

「俺は族長のナバルという。ここは俺の屋敷だ。本来『白い花嫁』は専用の屋敷に入るんだが、君が意識を失ったのは俺のせいだからな。手当てもしたかったから、ここまで連れてきた」

そう言ったナバルが、両の拳を床について詫びる。

「俺のせいで申し訳ないことをした。具合はどうだ？」

「…………」

「……？　おい？」

「あ……、だ、大丈夫です」

面と向かって謝られたことに驚き、呆気に取られてしまっていたククリは、重ねて問いかけられてハッと我に返った。おずおずと頷き、ナバルをじっと見つめる。

（……謝って、くれた）

獣人の、しかも族長が。

獰猛で恐ろしいはずの獣人が、人間の自分に頭を下げた――。

（獣そのものじゃ、ない……？）

こちらを見据えるナバルは大きな狼そのもので、言葉を話していることすら不思議だ。

だが、いかにも肉食獣然とした金色の瞳には、確かに知性が宿っている。

少なくともこの獣人は、自分と同じ言葉を話し、理性的に会話できる相手だ――。

「……あの」

緊張しながらも、ククリは意を決して口を開いた。

「助けて下さって、ありがとうございました。あなたがいなかったら、僕は今頃どうなっていたか分かりません」

正直、ナバルのことはまだ怖い。

少し言葉を間違えれば、すぐに襲いかかってくるかもしれないという不安はまだあるし、できることなら近寄りたくない。

けれど、彼の態度は礼儀正しいものだった。自ら名乗り、謝罪までしてくれた。

であれば、自分もきちんとお礼を言うべきだ。

震えそうになる手をぐっと握りしめて、ククリは懸命に声を絞り出した。

「手当ても、ありがとうございます。大きな怪我はしていませんので、気にしないで下さい」

どうやらナバルはククリが気を失ったことで自分を責めているようだが、彼が故意に危害を加えようとしたわけではないことは明らかだ。ククリを放り投げたのはあくまでも熊から遠ざける為だったし、着地点も落ち葉の山の上を狙ってくれていた。

彼の予想よりもククリの体重が軽くて、思うより飛んでしまったせいで木にぶつかったけれど、幸い骨が折れたりもせず、打ち身と擦《す》り傷くらいで済んだ。体のあちこちがギシギシと軋んではいるけれど、これくらいなら数日も経たずに回復するだろう。

(あのまま熊に襲われていたら、絶対にこんな軽傷では済まなかった。僕一人じゃ、逃げきれなかったかもしれない)

自分が今無事でいるのは、ナバルのおかげだ。

ククリは改めてナバルにお礼を言った。

「僕はククリといいます。危ないところを助けて下さって、本当にありがとうございました」

「………」

ところが今度は、ナバルが黙り込んでしまう。

まじまじとこちらを見つめたまま、一言も発さなくなってしまったナバルに、ククリは戸惑ってそろりと声をかけた。

「あの……、ナバルさん?」

「あ……、ああ、いや」

数度瞬きをしたナバルが、少し躊躇いがちに言う。

「まさか礼を言われるとは、思ってもみなくてな。人間は獣人を恐れるばかりだと思っていたから、いくらこちらが礼を尽くそうと話にならないだろうと……、すまない、ひどい偏見だな」

「い、いえ」

詫びるナバルに、ククリは慌てて首を横に振った。

(僕も、同じだ)

ナバルの言葉で、自分の過ちにハッと気づく。

(僕も、偏見を持っていた。獣人は野蛮で冷酷な存在だって、勝手にそう思い込んでいた。……実際に話したこともないくせに)

自分が獣人に抱いていたものこそ、ひどい偏見だったのだ。ようやくそのことに思い当たって、ククリは正直にナバルに謝った。

「実は、僕もあなた方に偏見を持っていました。まさか獣人が人間に謝ってくれるなんて思ってもみなくて、さっきも驚いてしまって……。僕の方こそ、失礼な態度を取ってすみませんでした」

獣人に対する恐怖が、完全になくなったわけではない。

いくら言葉を交わしていても見た目は獣寄りだし、牙も爪も鋭い上に、人間よりも遥かに大きく、強い相手だ。力に訴えられたら到底敵わないだろう。

——だが。

（さっき触れた時、僕にはナバルさんの心の声が、聞こえた）

獣人は、人間ではない。

だが、自分にあの声が聞こえたということは、彼らにも人間と同じように心があるということだ。

彼らは決して、獣そのものではない。

自分と同じように血が通っていて、同じように感情がある相手だ。

自分の方こそ偏見を抱いていたのだと気づき、ぺこりと頭を下げたククリに、ナバルが頷く。

「そうだったのか。お互い様ということで、許してもらえるだろうか」

「あ……、はい、もちろんです」

わずかに苦笑を浮かべたナバルにほっとして、ククリは頷き返した。

緊張に早鐘を打ち続けていた心臓が、ようやく少しだけ落ち着く。

（獣人族の新しい族長が、話の通じる相手でよかった）

確かに、亡くなった母も言っていた。

人間と同じで、獣人にも善良な者も、邪悪な者もいる、と。

（少なくとも、目の前のこの獣人が『白い花嫁』をさらったとは思えない。もしかしたら、一部の邪悪な獣人が犯人なのかもしれない……）

生前の母の言葉を思い出し、考え込んだククリに、ナバルが問いかけてくる。

「ククリ、と言ったな。君は『白い花嫁』だろう？　だが、君が男なのは匂いでわかる。何故君が

「『白い花嫁』なんだ？」

「……妹の身代わりです」

当然投げかけられるだろうと思っていたその質問に、ククリは腹をくくって答えた。

（正直に、言ってみよう）

これは千載一遇のチャンスだ。

まさか獣人に話が通じると思っていなかったから、逃げることしか考えていなかったけれど、ナバルのように理性的な相手なら、『白い花嫁』について聞くことができるかもしれない。

（色々思うところはあるけど、でも今、花嫁たちの行方を探ることは、獣人族の元にいる僕にしかできない）

ビャハの命令を聞くつもりはないけれど、同族の、妹と同年代の娘たちが今もどこかでつらい目に遭っているかもしれないと思うと、やはり放ってはおけない。

（まだ獣人のことをよく知らないから、怒らせないか不安だけど……、でも、ここまで来たら聞いてみるしかない）

ククリは覚悟を決めると、まっすぐナバルを見つめて告げた。

「実はここ数年、『白い花嫁』が一族の元に帰ってきていないんです」

「……帰ってきていない？」

怪訝《けげん》そうに、ナバルが聞き返してくる。

はい、と頷いて、ククリは彼の反応を慎重に窺いつつ続けた。

「実は、草原の一族の中には、獣人族が花嫁を喰ったんだと言う人もいて……。それで、僕が妹の代わりに『白い花嫁』の役目を引き受けることになったんです」

「…………」

あまりにも予想外の言葉だったのだろう。目を見開いたナバルが、まじまじとククリを見つめてくる。ややあって、ナバルはぶわりと被毛を逆立てるなり、表情を険しくして唸った。

「……あり得ない。獣人族が人間を喰らう、だと？　濡れ衣を着せるのも大概にしろ！　そのようなこと、我らがするはずがないだろう！」

「……っ！」

割れんばかりの大音声《だいおんじょう》で怒鳴られて、ククリは思わず身をすくめてしまう。

ククリの反応を見て一瞬気まずそうな顔つきになったナバルだったが、すぐに厳しい表情に戻って言った。

「俺は今年長になったばかりで、去年までのことは詳しくは知らない。だが、獣人族の名誉に誓って、我らは人質の命を脅かすような卑劣な真似はしない。ましてや人間を喰らう者など、我が一族には断じていない……！」

怒りに満ちた低い声は、けれど精一杯それを堪えるような響きがあった。おそらくククリを脅えさせないように配慮してくれたのだろう。

（……っ、怖かった……）

ドキドキと速くなった心臓を胸の上から手で押さえて、ククリはもどかしそうにこちらを見つめるナバルの様子をそっと窺った。

先ほど牙を剝いていた狼は、まだ不満そうな顔をしながらも、その白銀の被毛はだいぶ落ち着いてきている。やはり彼は、相当理性的な性格らしい。

（……いきなり同族を疑われたら、誰だって怒るのは当たり前だ）

激しい怒りを目の当たりにした動揺を懸命に抑え込んで、ククリはナバルに謝った。

「あの……、失礼なことを言って、申し訳ありませんでした」

真偽のほどは置いておいて、まずは謝らなければと頭を下げたククリに、ナバルが唸る。

「いや。こちらこそ、感情的になってしまった。……すまない」

ひとまず怒りを呑み込んでくれた様子のナバルにほっとして、ククリは顔を上げた。

腕組みをしてこちらをじっと見据えるナバルに、おずおずと切り出す。

「それと……、実は僕、あなたにもう一つ謝らなきゃいけないことがあるんです」

「……なんだ？」

続けての告白に身構えたナバルに、ククリは緊張しつつ告げた。

「実は僕には、ある特殊な力があって……。右手で直接触れた人の考えていることが、分かってしまうんです」

「考えていること？」

不可解そうに、ナバルが聞き返してくる。ククリは頷いて、懸命に説明した。

「はい。その人の思考や本心が読めるんです。たとえ言葉では違うことを言っていても、本当はなにを考えているのか、僕には分かります」

「………」

「僕はこの能力で獣人族のことを探ってくるよう、長に命じられました。でも、そんなことしたくなくて、それで引き渡される前に逃げ出したんです」

どこまで信じてもらえるか分からないけれど、それでも真実を伝えておきたい。

ナバルの金色の瞳をまっすぐ見つめ返して、ククリは続けた。

「それなのに、さっき意識が戻った時、ナバルさんの考えていることが伝わってきてしまって……。勝手に心を覗くような真似をしてしまって、すみません」

こんなこと、初対面のナバルに信じてもらえるかどうか不安だが、それでも全部打ち明けると決めたからには、きちんと謝罪しておきたい。

気づいた時点ですぐに起きていれば、彼の思考が流れ込んでくることもなかった。警戒していたとはいえ、黙って心を読んでしまって申し訳なかったと謝ったククリに、ナバルが口を開く。

「……俺は、なにを考えていた？」

「ええと、確か僕の指が小枝みたいだって……」

先ほどの彼の思考を思い返して、ククリは躊躇いつつ答えた。

「それと、人間はお父さんの仇だって、そう聞こえてきました。父の仇に借りを作るなんて、って……」

(仇ってことは、ナバルさんのお父さんは人間に殺されたのかな……)

不可抗力とはいえ、そんな過去を勝手に知ってしまって申し訳ない。だが、ククリが知るはずのないことを知っていると分かれば、ナバルもククリの力が本物だと信じてくれるかもしれない。

心苦しく思いつつ告げたククリに、ナバルが一瞬目を瞠る。

「……そうか」

低く唸ったナバルが、やおらククリの方に身を乗り出してくる。急な接近に驚き、息を呑んで硬直したククリに、ナバルが手を伸ばしつつ短く言った。

「読んでくれ」

「え……、っ!」

なにを、と聞き返そうとするより早く、右手を摑まれる。

人間のそれよりずっと大きく、やわらかな被毛に覆われた手の感触に、ククリは目を見開いた。

「ナバルさ……っ」

『俺たち獣人族は、潔白だ』

落ち着いた低い声が、頭の中に流れ込んでくる。

金色に光る人ならざる瞳に、じっと見つめられて、ククリはますます大きく目を瞠った。

（……っ、なんで……）

何故手を摑まれているのか、考えていることが分かってしまうと言ったはずなのにどうしてと混乱し、反射的に手を引っ込めようとしたククリだが、ナバルはかえってしっかりと手を摑んでくる。

動揺するククリを強い視線で見据えて、ナバルが重ねて言った。

「俺の思考を、ちゃんと読んでくれ。俺が嘘をついていないかどうか、確認してほしい」

「そ、んな……」

まさかナバルは、わざとククリの手に触れたのか。自分の言葉に、嘘偽りがないことを証明する為に——。

（どうしよう……っ、どうしたらいい？）

力に気づいて以降、家族以外の人に触れられるなんて初めてだし、そもそも家族にだってこんな触れ方をされたことはない。本心を隠す為に避けられるならまだしも、嘘をついていないことを明らかにする為に触れてくる人がいるなんて、今まで考えもしなかった。

彼から触れてきたとはいえどうしたらいいか分からず、おろおろとうろたえるククリをよそに、ナバルの思考が再び流れ込んでくる。

『俺は、去年までの花嫁たちについてはよく知らない。だが、毎年引き渡しの場まで送り届ける一行を見送ってきた。この里を出るまで、花嫁たちが無事だったことは確かだ』

「……っ」

『我らは誇り高き一族だ。一族の中に、人間を喰らうような野蛮な者はいない。族長として、それは断言する』

「わ……っ、分かりました！　分かりましたから……！」

まっすぐ、ダイレクトに伝わってきた思考に、ククリは焦って声を上げた。

「ナバルさんが嘘をついていないことは、ちゃんと分かりました！　だからもう……っ、もう、手を解いて下さい……！」

ほとんど悲鳴みたいな叫びに、ナバルがようやくククリの手を解放してくれる。

さっと腕を引いたククリは、胸の前で右手を左手で覆い隠し、早鐘を打つ心臓を必死になだめた。

（びっくりした……）

まさかナバルがこんなことをするなんて、思ってもみなかった。

いくら潔白を証明する為とはいえ、思考を読まれるなんて普通は嫌に決まっている。それなのに、なんの躊躇もなく触れてくるなんて、彼は本当になに一つ後ろ暗いことがないのだろう。

それに。

（……信じて、くれたんだ。僕の、力のこと）

いくら彼の父の話題を出したとはいえ、人の思考が読めるなんて、荒唐《こうとう》無稽《むけい》な作り話だと一蹴されてもおかしくない。たとえ信じたとしても、気味悪がられて終わりだろう。

それなのにナバルは、初対面の、しかも人間の自分の言葉を信じてくれた。

先ほど流れ込んできた彼の思考の中に、ククリのことを疑ったり、気味悪がる気持ちは、一切なかった——。

(この人は、僕に触れることを少しも嫌だと思っていなかった。……ほんの少しも)

家族でさえ、ククリに触れる時には多少の躊躇いや迷いがあって、それが普通だと思っていた。

もし自分が同じ立場だったら、相手がどれだけ親しい人だったとしても、頭の中を覗かれるだなんて、やはり躊躇せずにはいられないだろう。

それなのに、ナバルの思考には一切そういった迷いや嫌悪がなかった。

彼はただ純粋に、一族の潔白を信じ、ククリにも信じてほしいと願っていた。

(……こんな人が、いるんだ)

驚愕と感嘆にこくりと喉を鳴らして、ククリはナバルを見つめた。

ナバルがこんなにもまっすぐなのは、彼が獣人だからなのだろうか。それとも——。

と、その時、ナバルが口を開く。

「それで、俺が嘘をついていないことは分かってもらえたか?」

「は、はい」

こくこくと急いで頷いたククリをじっと見つめて、ナバルがそうかと頷く。

「身代わりとはいえ、君は今年の『白い花嫁』だ。春になるまで身柄は預からせてもらうし、草原の一族の元へは、俺が責任を持って送り届ける」

「……はい」

頷きながらも、ククリは内心躊躇いを覚えずにはいられなかった。

普通の状況だったら、ナバルの申し出をありがたく思っただろう。だが、ククリの居場所はもう、あそこにはない。

ビャハはおそらく、ククリから獣人族の情報を聞き出そうと手ぐすね引いているだろうが、ククリはこれ以上ナバルや他の獣人たちに自分の力を使うつもりはない。もしなにかの拍子にナバルの弱みを知ったとしても、命の恩人である彼をビャハに売るような真似、誰ができるだろうか。

第一、あの一族にはもう、自分の大切な家族はいない。

冬の営地に移る直前、ツィセはつつがなくユージンの元に嫁いでいった。突然の結婚の申し出にユージンも彼の両親も驚いてはいたが、とてもあたたかくツィセを迎え入れてくれて、必ず幸せにすると約束してくれた。

唯一の心残りだったツィセを送り出した今、ククリは一族の元に戻る必要はない。

このままどこかに姿をくらまして、自分の力のことを知る人がいない、どこか遠い場所で、新しい人生を歩みたい――。

(……でも、それは『白い花嫁』たちの行方を突きとめてからだ)

いなくなった花嫁たちの中には、幼い頃に一緒に遊んだことがある子もいる。ビャハの目を盗んでククリたちによくしてくれた補佐役の娘がそうで、彼女は去年花嫁に選ばれ、そのまま帰ってこなかった。

花嫁の送迎には、一族の長と数人の護衛の他には、花嫁の親族しか同行を許されていない。その為ククリは補佐役から、もし娘の情報が分かればなんでもいいから教えてほしいと、出発の時に頼み込まれていた。

他の花嫁たちも、いずれもツィセと同じくらいの年頃で、昔からよく知っている子ばかりだ。どんな目に遭っているのか考えると気持ちが塞ぐし、その家族の心労を思うと、とても他人事とは思えない。

いくら今まで冷遇されていたとはいえ、花嫁たちのことを放ってはおけない。

（花嫁たちが行方不明だって知れば、獣人たちも身の潔白を証明する為に、なにか教えてくれるかもしれない。調べればきっと、花嫁の行方は分かるはずだ）

ククリは顔を上げると、ナバルに問いかけた。

「あの……、ナバルさん、こちらでお世話になる間、ナバルさん以外の獣人族の方にも『白い花嫁』のことを聞いて回ってもいいですか？　花嫁たちの行方について、少しでも手がかりが欲しいんです」

「……構わないが」

一瞬躊躇ってから、ナバルが答える。

「獣人族の中には、人間を嫌っている者も多くいる。……俺のように、恨みを持っている者も」

（あ……）

父の仇、という彼の思考を思い出して、ククリは黙り込んだ。

ククリの一族と獣人族が戦っていたのは、百年前のことだ。

人間にとって百年はとても長い時間で、その頃生きていた者はもういない。獣人族を恐れこそすれ、恨みや憎しみといった感情は薄れている。

だが獣人は、人間よりも遥かに長命な種族だ。今いる獣人たちの多くは、ナバルのように肉親や親しい友を人間に殺されている。

未だに人間を恨んでいて当然だ——。

自分たち人間と獣人たちとでは、互いに抱く印象や感情の温度感に差があるのだと、そのことに思い至って茫然とするククリに、ナバルが言う。

「彼らが君の言葉に耳を貸すとは思えない。無駄足だと思うが……」

「……それでも、お願いします」

迷いつつも、ククリはそう答えた。

人間の自分が近寄れば、獣人たちに嫌な思いをさせてしまうかもしれない。けれど、一歩間違えればツィセが行方不明になっていたかもしれないと思うと、どうしてもなにかせずにはいられない。それに。

（僕はもっと、獣人族のことを知りたい……。ううん、知らなきゃいけない）

母が亡くなってから、周囲の噂に流されて、獣人は恐ろしい生き物だとずっと思ってしまっていた。だがそれは、知らないが故《ゆえ》の誤解だった。

思い込みで判断しないよう、彼らがどんな種族なのか、ちゃんと知りたい。

それには、自分から彼らに関わる他ない――。

「なるべくご迷惑にならないように気をつけますから、獣人族の皆さんから話を聞かせて下さい。お願いします」

「…………」

頭を下げたククリに、ナバルが黙り込む。

じっとククリを見つめた後、ナバルはスッと目を眇めて低く唸った。

「好きにすればいい。俺たちにはなにも、後ろ暗いところなどないからな」

「は……、はい。……ありがとうございます」

先ほどまでとは打って変わって突き放すようなひどく冷たい声に、ククリはひやっとする。

(……なにか、気に障ったのかな)

もしかしたら、あまりにもしつこく頼み込んだから、ククリが獣人のことを疑っていると思ったのかもしれない。

できることなら、そういう意図ではないと弁解したい。だが、獣人族のことを疑っていないとはまだ言い切れなくて、ククリは黙り込んだ。

（申し訳ないけど、まだナバルさん以外の獣人族のことを知らないから、花嫁をさらった犯人が獣人族の中にいるかもしれないとは、正直思っている……）

ナバルからしてみれば、自分の頭の中まで覗かせているのに、まだ仲間のことを疑うのかと腹立たしいことだろう。

不愉快な思いをさせて申し訳ないけれど、嘘をつくわけにもいかない。しゅんと眉を下げたククリに、ナバルが硬い声のまま告げる。

「去年までの花嫁たちのことは、叔父にも聞いてみる。俺の前の族長だ」

「……！　ありがとうございます！」

思いがけない申し出に、ククリは驚きながらも急いでお礼を言った。

（正直に打ち明けてみてよかった）

ナバルを怒らせてしまった時はどうなるかと思ったけれど、族長の彼が協力してくれるのなら、こんなに心強いことはない。

よろしくお願いします、と頭を下げたククリに頷いて、ナバルが続ける。

「それから、先ほどの君の話は、一族の主立った者たちには共有させてもらう。君の力のことも伝えるが、いいな？」

「はい、分かりました」

何故男が『白い花嫁』なのか、その経緯を話さなければならないだろうし、それにこんな力を持った人間がいるなんて、獣人族側でも警戒が必要だろう。

当然の申し出に頷いて、ククリは視線を落とした。

(やっぱりこんな力、なければよかったのに)

人の気持ちが分かる力なんて、相手の不信感を買うだけだ。

この力で得たものなんて、なにもない。友達も仲間も失い続けるばかりで——、きっとこれからも、そうなのだろう。

小さくため息をつき、ククリは右手をぎゅっと握りしめた。

冷ややかな金色の目が、じっとククリを見つめていた——。

「人間に話すことなど、なにもない！」

「……っ！」

遥か頭上から大声で怒鳴りつけられて、ククリはびくっと身をすくませた。

鋭い犬歯を露わにして低く唸った獣人が、足音荒く去っていく。


「あ……、ま、待って下さ……っ」

怯えて腰が引けながらも、慌てて追いすがろうとしたククリの背後で、赤茶の被毛の獣人が呆れた声を上げる。

「だから無駄だってば。いい加減諦《あきら》めなよ、ニンゲン」

「アロくん……」

自分と同じくらいの背丈の少年、アロを振り返って、ククリはへにょんと眉を下げた。

「……そういうわけにはいかないよ」

花嫁たちの安否がかかっているのだ。これくらいのことで諦めるわけにはいかない。

青ざめた顔で、それでも唇を引き結んだククリに、アロが強情だなあ、と天を仰ぐ。

アロは今年の『白い花嫁』の世話係で、人間の年齢に換算すると十歳くらいの少年だ。去年までは彼の祖母が世話係をしていたが、高齢で役目を降りたらしい。他の獣人たちは誰も人間の世話係を引き受けたがらなかったが、アロは自ら志願したという話だった。

どうやらアロは族長のナバルに強い憧れがあるらしい。ナバルが被毛に編み込んでいる、獣人族の戦士の証であるビーズ飾りを模した飾りを自分で作って身につけており、いつかナバルのような槍使いになるのだと、棒術の稽古に日々励んでいる。

お目付役も兼ねている彼は、ククリが行くところについてくるしかない。

付き合わせてごめんねと謝って、ククリはふうと息をついた。

――ククリが獣人族の里に来て、数日が経った。

背中の痣《あざ》もほとんど消え、打ち身もすっかり治ったククリは、三日ほど前からアロに付き合ってもらい、里の中を歩き回って『白い花嫁』についての情報を集めている。

とはいえ、今のところ成果はまったく上がっていない。

とりあえず手当たり次第、見かけた獣人に話しかけてはいるものの、近寄るなと怒鳴られたり、話すことなどないと怒鳴られたり、あっちへ行けと怒鳴られたりで――、要するに怒鳴られっぱなしなのである。

(分かってるつもりだったけど、それでもやっぱり落ち込むな……)

ただでさえ草原の一族は小柄な者が多く、ククリはその中でも一際ちんまりしている方だというのに、獣人は人間よりも圧倒的に屈強な種族だ。

男性も女性も、子供でさえもククリよりずっと大きくて、本音を言えば近寄るのも少し怖い。大声で怒鳴られるとどうしたって足がすくむし、指先から血の気が引いてしまう。

しかも、どうやらククリが思っていたよりずっと人間への嫌悪感は強いらしく、獣人たちは皆、ククリの姿を見ただけで嫌そうに顔をしかめる。

花嫁たちのことがなければ、今頃絶対にくじけてしまっていただろう。

(こんな時、メラがいてくれたらな……)

さすがに心細さを覚えずにはいられなくて、ククリはこっそりため息をついた。

あの日、ククリの怪我を治癒してくれて以降、メラはククリの前に姿を現していない。元々毎日現れていたわけではなかったし、現れる時はいつも突然だから、次にいつ来てくれるのかは分からないけれど、あの時のお礼もまだ言えていない。

メラがそばにいてくれれば心強いのに、と思いかけて、ククリはきゅっと唇を引き結んだ。

(いつまでもメラを頼りにしていちゃ駄目だ。ここに来ることも、花嫁たちについて調べることも、自分が決めたことなんだから)

自分が真相を突きとめなければ、花嫁たちは草原の一族の元に帰れない。少し睨まれたり、怒鳴られたりしたくらいでめげていたら、事件を解決することなんて到底できないだろう。

「頑張らないと……」

気持ちを新たに、ぐっと手を握りしめたククリに、アロが肩をすくめて言う。

「ほんと、よくやるよね、アンタ。ニンゲンのくせに、オレたちのこと怖くないの？」

「……怖いよ。でも、乱暴なことされるわけじゃないし……」

ククリを見れば敵愾心《てきがいしん》をあらわにし、牙を剥き出しにして唸る獣人たちだが、絶対に力に訴えてはこない。

それだけが救いだと思ったククリに、アロが両手を頭の後ろで組んで呆れたように言う。

「そりゃ皆、族長からきつく言われてるもん。『白い花嫁』に手を上げるなって」

「え……」

初めて聞いた話に、ククリは驚いて目を瞠る。首を傾げたアロが、さらりと告げた。

「知らなかったの？　ナバル様が、一人一人に厳命してるんだよ。自分は不注意で『白い花嫁』に怪我を負わせてしまった。一族の名に泥を塗ってすまないが、だからこそ皆は同じ轍《てつ》を踏むなって」

「……そんなことまで？」

まさかナバル自ら、ククリに怪我をさせたことを獣人たちに告げているとは思わなかった。

二重に驚いたククリに、アロがニッと笑って自慢気に頷く。

「そうだぜ！　オレたち獣人は鼻がいいから、嘘をつけばすぐ分かるけど、黙っときゃいくらでも誤魔化せる。でもナバル様は、絶対そんなことしないんだ！　かっけーよな！」

「……うん」

同意を求めるアロに頷いて、ククリはしぱしぱと目を瞬かせた。

（それは確かに、格好いい……）

ククリの力を知って、すぐに自分から思考を読ませたことと言い、ナバルは本当に後ろ暗いところがまるでない人柄らしい。

アロから聞いた話では、ナバルは人間換算ではまだ二十代前半くらいの年齢で、獣人族の長としては異例の若さらしい。

先代の族長が叔父だとは彼自身も話していたが、彼が若くして一族をまとめる立場を任されているのは、おそらく血縁だけが理由ではなく、そういった人柄を認められてのことなのだろう。

（……僕とは正反対だ）

視線を落としたククリは、アロに新しく用意してもらった手袋を付けた右手をゆっくりと握りしめた。

自分は、ナバルとは正反対だ。

この力に目覚めてからずっと、誰と接していても後ろめたさや罪悪感が常に付きまとっている。

右手で直接触れなければ思考を読むことはないとはいえ、こんな力を持つ自分と話すのは嫌だろうな、申し訳ないなと、いちいち気になってしまうのだ。

しかも、どうやらナバルは他の獣人たちに、ククリの力について知らせていないらしい。世話係のアロでさえ、ククリが手袋を用意してもらえないかと頼むまで知らなかったくらいで、そんな力があるのかと驚いていた。

自分の力について知らない相手に声をかけるのは、ククリにとってはかなり後ろめたいことで、いつも躊躇してしまう。

とはいえ、声をかけた途端に怒鳴りつけられてしまうような現状では、打ち明けるもなにもないのだが――。

ふうとため息をつきつつ、ククリは話を聞ける獣人はいないか、辺りを見回して歩き出した。

「えー、まだやるの？　オレもう飽きたんだけどー」

ぶつくさ言いながらも、アロがついてくる。

花嫁たちが行方不明になっていることは、アロにも話している。世話係だった祖母からなにか聞いていないか、知っていることはないか聞いたが、特になにも知らないし聞いてもいないということだった。

（アロくんのお祖母さんに直接話を聞けたらいいんだけど、遠くの親戚の家に引っ越しちゃったみたいだしな……）

どうやらこれまでの『白い花嫁』は専用の屋敷から出てくることはほぼなく、獣人たちと関わることは皆無だったらしい。

アロの話では、直接花嫁と関わったことのある獣人は、先代の族長と世話係だったアロの祖母、毎年入れ替わる護衛兼見張りの、数名の獣人くらいではないかということだった。

アロの祖母に話を聞くのは難しそうだし、せめて護衛役だった獣人に話を聞きたい。しかし、前年の護衛役が誰なのかアロは知らないらしいし、ナバルに聞こうにも、ここ数日屋敷を留守にしている。

仕方なく手当たり次第に声をかけているククリだが――。

(……やっぱり、ナバルさんに話を聞いてからの方がいいかも)

ククリの姿を見るなり、顔をしかめてサッと建物の中に引っ込んでしまう獣人たちの様子に、ククリが嘆息しかけた、その時だった。

「そこでなにをしている！」

「っ！」

突然、雷鳴のような大声で怒鳴りつけられて、ククリは思わずびくっと身を震わせた。見れば通りの向こうから、一際大柄な濃い灰色の狼の獣人が大股でこちらに歩み寄ってきている。

(だ……、誰……？)

怒り心頭といった様子で全身の被毛を逆立てている獣人に怯えるククリの背後で、アロが小さく唸った。

「げ……、シド様だ」

「シド様？」

「先代の族長。めちゃくちゃ怖い」

よほど恐れているのだろう。短く告げたアロは、赤茶の尻尾をきゅっと腿《もも》に挟んで、三角の耳をぺたりと伏せている。

（先代の族長……。ってことは、ナバルさんの叔父さんだ）

ククリが会いたいと待ち望んでいた、これまでの花嫁たちと面識があった数少ない獣人だが、とても穏やかに話を聞けそうな雰囲気ではない。

それでもこんな機会を逃すわけにはいかないと、ククリは今すぐ逃げ出したい衝動を堪えて、どうにかその場に踏みとどまった。震える声を懸命に振り絞り、歩み寄ってきたシドに話しかける。

「は……、初めまして。僕は……」

「黙れ！　人間の話など聞く耳持たぬわ！」

「……っ！」

低く野太い怒号を近距離で浴びせられて、耳がキーンと痛くなる。

緊張と恐怖で固まってしまったククリをぎろりと睨みつけ、シドが威嚇《いかく》するように唸った。

「人間ごときが我らの里を自由に歩き回るなど、一体どういう了見だ！　アロ、お前は花嫁の監視役だろう！　何故勝手に外に出した！」

「っ、アロくんに頼んだのは僕です……！」

背後でアロが、ひっと息を呑む音が聞こえてきて、ククリは思わず一歩前に出た。鋭い眼光でこちらを見下ろすシドに内心震え上がりながらも、必死に訴える。

「僕がアロくんに、ついてきてくれるよう頼みました。それに、外出の許可はナバルさんからいただいています……！」

「……ニンゲン」

驚いたように、アロが呟く。自分よりも体格のいい彼を、シドの視界からなるべく隠すように背後に庇って、ククリはぎゅっと拳を握りしめた。

体の大きさなんて関係ない。彼はまだ十歳の子供なのだ。

ナバルを慕って一生懸命役目をこなしているアロを怒鳴りつけるなんて、いくらなんでも見過ごすことはできない。それに――。

「あの……、お願いですから、人間だからと一括《ひとくく》りに嫌うのは、待っていただけませんか」

緊張と恐怖でガチガチになりながらも、ククリは懸命にシドに訴えた。

ククリ自身、ナバルに会うまでは獣人を一括りに恐れていた。だが、人間がそうであるように、獣人にも様々な者がいると知った今、自分の考えが偏見に満ちていたことを反省せずにはいられない。

(ナバルさんの叔父さんってことは、この人にとって人間はお兄さんの仇だ。きっとそれもあって、人間のことを毛嫌いしているんだろう……)

どんなことがあったのか詳しくは知らないが、大切な人を傷つけたり、その命を奪った相手のことを許すなんて、きっと何年経ってもできないと思う。

だが、だからといって、種族が同じというだけで関係ない者まで憎むのは違う。そんなことをしても、彼自身の視野を狭くするだけだ。

騒ぎを聞きつけたのだろう。いつの間にか、三人の周囲には獣人たちが集まり始めていた。

興味津々といった様子で見物している獣人たちに囲まれながら、ククリは必死に勇気を振り絞ってシドに訴えかける。

「僕のことはどう思っていただいてもいいです。ただ、人間が全部悪者だと決めつけるのは……」

どうか考え直してほしい、少しだけ立ち止まってほしいと懸命に伝えたククリだったが、シドは一瞬驚いたように目を瞠った後、ぐわっとその鋭い牙を剝き出しにして怒号を轟《とどろ》かせる。

「黙れ！」

「っ！」

「若造が、偉そうに……！」

忌々し気にククリを睨んだシドが、一層語気を強めて詰問してくる。

「ナバルから聞いているぞ……！　お前、触れた相手の思考が読める力があるそうだな？」

「……っ」

咄嗟に返事ができず、言葉に詰まってしまったククリをよそに、周囲の獣人たちがざわめき出す。

「なんだと？　思考が読めるだって？」

「まさか、この人間にそんな力があるのか？」

それまで好奇の目でククリを注視していた獣人たちの視線が、驚きと警戒に変わる。ククリは慌てて周囲を見回し、呼びかけた。

「確かに、僕にはそういった力があります。でも、こうして手袋を付けていれば大丈夫で……」

「密偵の言葉など、信用できるか！」

しかしシドが、ククリの言葉を遮って怒鳴る。

密偵、とざわつく獣人たちを見渡して、シドは大音声でククリを糾弾した。

「皆、聞け！　この者は草原の一族の密偵だ。この人間が男の身で『白い花嫁』となったのは、妙な力を使って我が一族のことを探る為だ！」

「ち……、ちが……、……っ」

否定しようとして、ククリは続きを呑み込んでしまった。

確かに自分は、力を使って獣人族のことを探ってこいとビャハに命じられた。妹を逃がす為に表面上だけとはいえ、その命令を承諾したことは事実だ。

最初から命令に背くつもりだったなんて、そんな都合のいい言い訳、獣人たちが納得してくれるとは思えない――。

「これだから人間は信用ならないのだ」

黙り込んだククリを睨んで、シドが唸る。

大股で歩み寄ってきたシドに胸ぐらを摑まれて、ククリは驚きと恐怖に身をすくませた。

「……っ！」

「お前、去年までの花嫁たちが行方不明だ、などと言っているそうだな？　我らは毎年きちんと花嫁を送り届けている！　我らを疑うなど、到底許し難い……！」

ククリの胸元をぐっと引き寄せて、シドが近い距離で睨みつけてくる。

獣の鋭い眼光を向けられたククリは、思わずぎゅっと目を瞑ってしまった。

(怖い……！)

力任せに胸ぐらを摑む巨大な手は信じられないくらい力が強くて、爪先が地面から浮いてしまいそうになる。

苦しくて、苦しくて、怖くてたまらない。

もしかしたら、このまま真っ二つに引き裂かれてしまうのではないだろうか。

(殺される――……！)

恐怖に青ざめたククリを睨んで、シドが低い声で迫ってくる。

「ナバルの顔を立ててやらねばと見逃してきたが、もう限界だ。これ以上、我が一族に仇なす者を放置してはおけん……！」

「く、るし……っ」

「言え！　その力で、一体何人の同胞の思考を読んだ！　お前たち人間は、我らの動向を探ってなにをするつもりだ！」

カッと目を見開いたシドが、割れんばかりの怒号を響かせた、その時だった。

「なにをしている！」

不意に、凜としたよく通る声が、まっすぐこちらに向かって飛んでくる。

シドの手がゆるんだ途端、ククリはよろめいて激しく咳《せ》き込んでしまった。

「……っ！」

「大丈夫か⁉」

駆け寄ってきたのは、白銀の獣人――、ナバルだった。

「ナバル、さ……」

「……叔父がすまない」

くっと目を眇めたナバルが、躊躇なくククリを抱き支え、背を撫でてくれる。同じように大きな手でも、シドとはまったく違う優しい手つきに、ククリはほっとして頷いた。

「大丈夫、です。……ありがとうございます」

お礼を言ったククリに、いや、とナバルが頷き返す。と、周囲にいた獣人の一人が、焦った様子で声を上げた。

「長！　その人間に触れたら駄目です！　そいつは妙な力を持っていて……」

「落ち着け」

しかしナバルは、嘆息混じりに唸ると、集まった獣人たちを見渡して言う。

「彼が人の思考を読めるのは、素手で触れた時だけだ。それに、俺にはなにも隠し立てするようなことはない」

きっぱりとそう言い切ったナバルは、すっと目を眇めると、低い声で彼らに問いかけた。

「そんなことより、これは一体なんの騒ぎだ。俺は皆に、彼を傷つけるなと命じていたはずだ」

決して感情任せではない、けれど十分に怒りを滲《にじ》ませたナバルは、まさに冷静で威厳に満ちた族長といった様子で、とても代替わりして日の浅い、若く青い族長とは思えない。

（ナバルさん、すごい……）

一瞬で場の空気を掌握《しょうあく》してしまったナバルに、ククリはすっかり圧倒されてしまう。

人間のククリでさえそうなのだから、獣人たちにとっては尚更なのだろう。ナバルにひと睨みされた獣人たちが、一気にたじろぎ出す。

「べ……、別にオレたちは手を上げてなんか……、なあ？」

「あ、ああ。第一、人間の密偵なんて、袋叩きにして追い出すのが当然ですし……」

顔を見合わせつつそう言った彼らが、ちらちらとシドを見やる。

腕を組んだまま、じっと黙り込んでいるシドに、ナバルが一層低い声で唸った。

「……叔父上」

「…………」

「何故、ククリの力のことを勝手に告げたのですか。皆には伏せておいてほしいと、そう言ったはずです」

ため息混じりに、しかし厳然と叔父を咎《とが》めたナバルだったが、シドはまるで動じる様子もなく反論する。

「そもそも俺は最初から、この人間のことを里中に知らしめるべきだと言っている。こんな厄介な力を持っている人間を野放しにするなど、お前こそどういうつもりだ」

「野放しではありません。アロがついています。それに彼は、客人です」

「え……」

意外な言葉に、ククリは思わず小さく声を上げ、まじまじとナバルを見上げた。

(客人って……)

まさかそんなことを言われるとは、思ってもみなかった。人質である『白い花嫁』を客人扱いするなんて、一体どういうことなのか。

ククリ同様、驚いた表情を浮かべたシドが、ナバルに聞き返す。

「客人？『白い花嫁』が？」

「ええ。この際だから、皆にもはっきり言っておく。ククリは人質ではない。俺の客人だ」

周囲の獣人たちを見回して、ナバルがそう告げる。ぽかんとする獣人たちの中、真っ先に我に返ったのは、シドだった。

「ふざけるな。言うに事欠いて、人間を客人だと？『白い花嫁』は人質だ……！」

「……っ！」

鋭い牙を剝き出しにしたシドの雷のような怒声に、ククリは思わずびくっと肩を震わせる。するとその肩を、ナバルの大きな手がそっと包み込んできた。

「客人が気に入らないのなら、俺の妻でも構いません。そもそも『花嫁』として迎えているわけですから」

「ナバル、お前なにを言って……っ」

「いつまでも人間と対立し続けていることは、決して一族の為にはなりません」

食ってかかろうとするシドを遮って、ナバルがきっぱりと言う。

「もちろん、俺自身まだ葛藤はあります。今すぐ全面的に人間を信用するつもりもありません。ですが、歩み寄りは必要だと考えています。争いは、更なる争いしか生まないからです」

シドにそう告げたナバルが、集まった獣人たち一人一人を見つめて続ける。

「歩み寄る為には、まず相手を尊重すべきだ。だから俺は彼を人質ではなく、客人として扱うつもりだ。これまでの花嫁のように軟禁するつもりはないし、彼の行動を制限するつもりもない。彼には、俺たちの暮らしを見てもらって、獣人族について知ってもらいたいと思っている」

（ナバルさん……）

人間に歩み寄るべきだと、そうはっきりと口にしたナバルに、ククリは胸がジンと熱くなった。

彼は、人間は父の仇だと思っている。にもかかわらず、一族の為、争いを避ける為に歩み寄るべきだと理性的に考えられるなんて、そうできることではない。

ナバルなら、もしかしたら獣人族と人間を和解させることができるかもしれない。

今までとは違う関係性を築けるかもしれない——。

人間に歩み寄るなど、今まで考えたことがなかったのだろう。顔を見合わせる獣人たちに、ナバルが言う。

「皆に彼の力について伝えなかったのも、彼を通して人間について知るいい機会になればと思ったからだ。なにより、俺たちにはなにも隠し立てするようなことはない。彼も、この数日間で分かったはずだ。いくら思考を読もうが、俺たちは潔白だと」

「え……？」

ナバルの一言に、ククリは思わず声を上げた。

どうした、とこちらを振り返ったナバルを見上げて、躊躇いながらも訂正する。

「あの……、僕、力は使っていません。外に出る時は、必ずこの手袋を付けています」

手袋を付けた右手を掲げて言ったククリに、ナバルが大きく目を瞠った。

「……何故だ？」

「何故って……、だって、勝手に心の中を覗くなんて、そんな失礼なことできません」

驚かれたことに戸惑いつつ、ククリは続ける。

「確かに、僕は長から、この力を使って獣人族のことを探ってくるように言われました。でも、いくら自分と同じ種族でなくとも、人間ではないから同意もなく思考を読んでいいとは思えません」

獣人は、獣ではない。

自分と同じように血が通っている、同じように感情がある生き物なのだ。

そんな相手の思考を勝手に読むなんて、していいはずがない。

「僕は亡くなった両親に、人の心はその人のものだと教わりました。承諾もなく勝手に暴いていいものではない、と」

「…………」

「人間だから駄目で、獣人だからいいなんて思えません。人間も獣人も、同じだと思うから……」

(……もしかして)

答えている途中で、ククリは先日の違和感の正体に気づく。

ククリが他の獣人たちにも話を聞きたいと言ったあの時、ナバルは急に突き放すような冷たい声と態度になった。

何故だろうと思ってはいたが、あれはもしかしたら、ククリが力を使って勝手に獣人たちの思考を読むと思っていたからなのかもしれない。

(きっと、そうだ。あの時ナバルさんが突然不機嫌になったのは、そういう理由だったんだ)

確信を持ったククリに、それまで成り行きを見守っていたアロが付け加える。

「ナバル様、このニンゲンの言っていることは本当です。オレ、こいつが外出する時は必ず一緒にいましたけど、ずっと手袋をしていました」

「…………」

「里の皆に触れようとする素振りもありませんでした。ちょっとでも誰かに触ろうとしたら咬《か》みついてやろうと思ってましたけど、全然そんな気配なかったです！」

物騒なことを言うアロに、ククリはぎょっとしてしまった。

（アロくん、僕に咬みつくつもりだったんだ……）

力を使う気はなかったけれど、もし使っていたら今頃大怪我をしていたかもしれない。

ちゃんと見張ってました、褒《ほ》めて！　と言わんばかりにブンブンと尻尾を振る忠犬アロをよそに、ナバルがじっとククリを見つめたまま黙り込む。

まっすぐで強いその視線にたじろいだククリだったが、その時、シドが口を挟んできた。

「そうやって我々を油断させて、後で足元を掬《すく》うつもりだろう。お前たちのやり方など分かり切っている……！」

低く唸ったシドが、ナバルに向き直って言う。

「大体、何故我らが人間に歩み寄ってやらねばならぬのだ！　相手は密偵を送り込んでくるような輩《やから》だぞ。今すぐ乗り込んでいって、蹴散らしてやってもいいくらいだ！」

「叔父上、それは……」

「お前は甘い！」

反論しようとしたナバルを一喝したシドが、ククリを睨みつけて一方的に告げる。

「ナバルに免じて、攻め込むのは待ってやる。だが、今後少しでも怪しい動きをしてみろ。俺が直接お前を咬み殺して、お前の一族も滅ぼしてやるからな……！」

鋭い牙を剥き出しにして唸ったシドが、そう言うなり踵《きびす》を返す。足音荒く去っていくシドにつられるように、周囲の獣人たちもそそくさと自分の家に引き上げていった。

（……っ、怖かった……）

遠くなるシドの姿に、ククリはようやくほっと息をついた。ナバルがそっと声をかけてくる。

「叔父が悪かった。怪我はないか？」

「あ……、はい。大丈夫です」

ちょっと胸ぐらを掴まれはしたが、すぐにナバルが助けてくれたし、それ以外は特に乱暴なことはされなかった。

胸元を押さえ、ドッドッと早鐘を打つ心臓をなだめながら、ククリはナバルに答える。

「獣人族の皆さんに歓迎されないことは最初から分かっていましたし……。それに、シドさんの気持ちも分かりますから」

怖かったけれど、これくらいは予測の範疇《はんちゅう》だ。

そう言ったククリに、ナバルが意外そうに目を見開く。

「そうか。君は案外、肝《きも》が据わっているんだな。……いや、案外というのは失礼か」

呟いたナバルが、ククリをまっすぐ見据えて謝る。

「さっきのことも、すまない。君を侮っていた。てっきり、その力を使って俺たちの真意を確かめるつもりだとばかり思っていた」

「あ……、いえ、気にしないで下さい」

頭を下げるナバルに、ククリは慌てて言った。

「僕の方こそ、ナバルさんにお礼を言わなきゃと思っていたんです。僕に手を上げないよう、皆さんに頼んでくれたって聞いて……。あの、ありがとうございました」

「……俺は長として、当然のことをしただけだ」

お礼を言ったククリに、ナバルが頭を振って続ける。

「それに、礼を言うのは俺の方だ。さっきの、人間も獣人も同じだという君の言葉……。あの言葉にハッとさせられた。歩み寄りが必要だと言いながらも、俺自身、まだまだ自分の中に人間への偏見があることに気づかされた」

一度目を閉じ、内省するようにそう告げたナバルが、ゆっくりと目を開け、じっとククリを見つめてくる。

「君のおかげだ。ありがとう、ククリ」

ふっとやわらいだ金色の瞳が優しい弧を描いた途端、ククリの心臓は先ほどまでの比ではなくドッと跳ね上がった。

(わ……)

ドキドキと早鐘を打つ胸元を押さえつつ、どうにか頭を振る。

「い、いえ……」

（……びっくりした）

感情があるのだから、笑うことだってあるとは当然分かっていた。分かってはいたけれど、今までずっと気難しそうな表情しか見ていなかったから、まさか微笑みかけてくれるなんて思ってもみなかった。

（獣人って、こんなふうに笑うんだ……）

獣人は人間と違って表情が分かりにくいとばかり思っていたけれど、それは思い違いだったのかもしれない。

だって目の前のナバルは、こんなにも優しく、穏やかな表情をしている。

（……こんなふうに、笑いかけてくれるんだ。人間の、僕にも）

少しはナバルと距離が縮まったのかなと思うと、胸の奥があたたかくなる。

もっと親しくなれたら、もっと笑いかけてもらえるのだろうか。

もっと違う表情も、見られるのだろうか――。

「そういえばナバル様、今までどちらにいらしていたんですか？」

と、ナバルを見上げてぼうっとしていたククリをよそに、アロが問いかける。

「ナバル様が三日も里を留守にするなんて、珍しいですけど……」

「ああ、実はお前の祖母のところに行っていた」

ただいま、とアロの頭をわしわしと撫でて言うナバルに、ククリは小さく息を呑む。

「っ、アロくんのお祖母さんって、じゃあ……」

「ああ、そうだ。去年までの『白い花嫁』のことを聞きにな。……アロ、これはお前の祖母からだ」

懐に手をやったナバルが、小さな包みをアロに手渡す。ひくひくと鼻を動かしたアロが、パアッと顔を輝かせて歓声を上げた。

「祖母《ばあ》ちゃんの焼き菓子だ！　ありがとうございます！」

オレこれ大好き！　とぶんぶん尻尾を振るアロに、よかったなと微笑んで、ナバルがククリに向き直る。

「それで、アロの祖母の話だが、花嫁たちの滞在中、特に変わったことはなかったらしい。護衛以外で訪ねてきた獣人も特にいないし、毎年滞在期間が終わればきちんと送り出していた、と」

「そうですか……」

ナバルも毎年花嫁を送り出す一行を見送っていたということだし、花嫁たちが獣人の里を出るまで無事だったことは確かだろう。

ククリは改めてナバルにお礼を言った。

「わざわざ話を聞いてきて下さって、ありがとうございます。まさかアロくんのお祖母さんのところまで行って下さってるとは思わなくて、びっくりしました」

「礼には及ばない。一族の長として、花嫁たちの行方には責任があるし……、なにより俺も真実を知りたいからな」

頷いたナバルが、ククリに話の水を向けてくる。

「それで、君の方はどうだった？　ルイテラから話は聞けたか？」

「……ルイテラ？」

聞き覚えのない名前に、ククリは首を傾げた。初めて聞く名前だが、一体誰のことだろう。

ククリの反応に、ナバルが不思議そうな顔で聞き返してくる。

「アロから聞いていないのか？　アロの姉で、去年の花嫁の護衛だった一人だ。アロに話を繋ぐよう、頼んでおいたんだが……」

「……初耳です」

驚きつつ、ククリはアロを振り返った。ぺたんと耳を伏せ、尻尾を丸めてバツの悪そうな顔をしているアロに、ナバルが声をかける。

「……アロ」

「だ……、だって、こいつがどういう奴かまだよく分かんなかったし……。万が一、姉ちゃんに変な力使われたらって思ったら嫌だったんだもん。さっきシド様からオレのこと庇ってくれたから、いい奴だってもう分かったけど……！」

キューン、と鼻を鳴らしながら、アロが言い訳する。

ハア、とため息をついたナバルが、アロの手から焼き菓子の包みをひょいと取る。

「没収」

「あー！」

声を上げはしたものの、自分が悪いことはアロもちゃんと分かっているのだろう。

オレのおやつ……、と哀れっぽく呻いたアロが、キュンキュンと鼻を鳴らす。

あまりにも悲しげなその様子に、ククリは思わずナバルに取りなしていた。

「ナバルさん、僕は気にしてませんから、返してあげて下さい」

「しかし……」

「せっかくアロくんにって、お祖母さんが作ってくれたものなんですから」

アロにとっても久しぶりの祖母の味だろうし、アロの祖母だって孫に食べてほしいだろう。それに、アロが姉を守りたかった気持ちも、十分に分かる。

「お姉さんを思ってのことだったんですし、大目に見てあげてもらえませんか？」

「ニンゲン……」

苦笑して言ったククリに、アロが驚いた様子で呟く。

だが、ナバルはアロの呟きを聞くなり、ぴくりと表情を強ばらせて唸った。

「……おい、アロ。ちゃんと名前で呼ばないか。俺はそんな無礼を許した覚えはないぞ」

「あ……！　は、はい！　ごめん、ククリ！」

ピッと背筋を伸ばして言い直したアロに、ナバルが一層低い声で注意する。

「ククリさん、だ。彼は客人なんだから、もっと敬意を持って……」

「ナ、ナバルさん、僕は構いませんから」

まるで躾《しつけ》の厳しい親狼のような様子のナバルに、ククリは慌てて割って入った。ナバルに睨まれて緊張しきっていたアロが、ほっとした様子で泣きついてくる。

「ククリぃ……」

「うんうん、ククリでいいよ」

ピスピスと鼻を鳴らして甘えてくる仔狼に思わず笑ってしまったククリに、ナバルが苦笑して言った。

「どうやら君は、年下に甘いようだな」

「……そうかもしれません」

妹がいるからかも、と照れ笑いを浮かべて、ククリはナバルの手から焼き菓子の包みを受け取った。はい、とアロに返してやると、アロが早速いそいそと包みを開けて、一枚差し出してくる。

「ありがとな、ククリ！　お前いい奴だから、特別に一枚やるよ！」

「いいの？　ありがとう」

ドライフルーツとナッツがたくさん載った、スパイスの甘い香りがする焼き菓子を受け取り、顔をほころばせたククリに、ナバルが提案してくる。

「ルイテラには、俺から改めて話をつけておく。よかったら君も一緒に話を聞きに行くか？」

「はい、是非！」

パッと顔を輝かせて答えたククリに、ナバルが表情をやわらげて頷く。

優しいその笑みに、またトクトクと心臓が小走りに駆け出すのをくすぐったく感じながら、ククリは半分に割った焼き菓子を、どうぞとナバルに差し出したのだった。


「ただいまー！」

バーンと扉を開けるなり叫んだアロに、赤茶や金茶の被毛の小さな狼の獣人たちが一斉に家の中から飛び出してくる。

「アロ兄ちゃん！　お帰り！」

「兄ちゃん、お帰りー！」

わらわらと弟妹たちに群がられたアロが、嬉しそうに尻尾をブンブン振って声を弾ませる。

「ただいま！　元気してたか？」

まだ一週間ほどとはいえ、初めて実家を出て家族と離ればなれになっていたアロにとって、再会の喜びはひとしおなのだろう。

幼い妹の一人をぎゅっと抱きしめ、頬ずりをしてきゃあきゃあ嫌がられているアロを見て、ククリはほっこりと顔をほころばせた。

「アロくん、兄弟が多いんですね」

「ああ、アロの上に四人いるから、十人兄弟だな」

長もこんにちはー！　と尻尾を振ったチビ狼たちに元気よく挨拶《あいさつ》されたナバルが、苦笑しつつ頷き返す。

小さいアロくんがいっぱいいるみたいだ、とますますほっこりして、ククリは一歩引いた場所から一同をそっと見守った。

――ナバルがアロの祖母の元から戻ってきて、数日が経った。

この日ククリは、ナバルとアロと共に、里の外れにあるアロの実家を訪れていた。アロの姉、ルイテラから『白い花嫁』について話を聞く為だ。

（ナバルさんの話だと、ルイテラさんは毎年じゃないけど、ここ二十年位、よく花嫁の護衛役を引き受けてるって話だった）

どうやらアロはルイテラとかなり年が離れているようだが、長寿な獣人族ではそう珍しいことではないらしい。

ナバルの一族は女性の獣人も狩りをしたり戦ったりするそうで、ルイテラは一族きっての狩りの名手だということだった。

（人間に好意的だとは聞いたけど、どんな人だろう……）

なにせ今まで出会った獣人が軒並み人間嫌いで、怒鳴られてばかりだった為、人間に好意的な獣人と言われてもあまりピンと来ない。

せめてナバルさんくらい穏やかな獣人だといいな、と思ったククリだったが、その時、奥の部屋からスラリと背の高い、美しい金茶の被毛の獣人が姿を現した。

「おっ、来たね！　初めまして、あたしはルイテラ。アロの一番上の姉だよ」

ニカッと笑みを浮かべて、ルイテラが歩み寄ってくる。

ナバルの一族は動きやすさ重視で露出が多い衣装を身につけていることが多いが、彼女は特に布面積が少なく、しなやかな若木のような肢体を惜しげもなく晒《さら》している。ピンと立った三角の耳の横には、ナバルと同じ、戦士の証であるビーズの紐飾りが揺れていた。

（獣人の人は皆そうだけど、この人は特にスタイルがいいな……）

しなやかな足取りはまさに狩人といった雰囲気だが、尻尾はブンブンと千切れんばかりに振られている。アロに似た人懐こさにほっとしながら、ククリはぺこりと頭を下げた。

「初めまして、僕はククリといいます。今日はありがとうございます」

「こっちこそ、わざわざ来てもらってすまないね。実はここ最近、アロの下の弟の具合がよくなくてね。父さんも母さんも親戚の結婚式に行ってるから、あたしまで家を空ける訳にいかなくてさ」

ルイテラの一言に、アロがサッと顔色を変える。

「姉ちゃん、リィン、また寝込んでるのか？」

「ああ。でも、ちょっと風邪をこじらせちまっただけだし、もう治りかけだから大丈夫だよ。ずっとあんたに会いたがってたから、後で顔を出してやってくれるかい？」

「……うん」

大丈夫だと言われても心配なのだろう。表情を曇らせたアロが頷く。

すると、二人のやりとりを見守っていたナバルが、そっとアロを促した。

「アロ、気になるなら今行ってくるといい。話が終わったら呼ぶから」

「……っ、ありがとうございます、ナバル様……！」

ぺこっと頭を下げたアロが、急ぎ足で奥の部屋へと向かう。アロを見送って、ルイテラが他の弟妹たちに声をかけた。

「あんたたちも別の部屋に行ってな。……こら、勝手にお客さんの匂い嗅ぐんじゃないの」

初めて見る人間が珍しいのだろう。好奇心いっぱいのキラキラした表情でククリを取り囲み、くんくんと匂いを嗅ぎまくっていた仔狼たちが、はーいと散っていく。

ちょっと対応に困っていたククリは、苦笑してお礼を言った。

「ありがとうございます、ルイテラさん」

「いや、弟たちがごめんね。それで、『白い花嫁』の件だったよね？」

どうぞ、と床に敷いた円座を勧めたルイテラが、手早くお茶を淹れてくれる。

薬草のいい香りがほのかにするお茶を一口啜《すす》ってから、ククリはルイテラに尋ねた。

「はい。実はここ数年、春になっても花嫁たちが戻ってきていないんです。獣人族の皆さんが引き渡しの場まで送り届けたことは確かだと思うんですが、約束の日に迎えに行った僕の一族の人たちは、獣人族の人たちも花嫁もいなかったと言っていて……。去年に限らず、なにか変わったことはなかったですか？」

あらかじめナバルから多少話を聞いていたのだろう。難しい表情で、ルイテラが唸る。

「うーん、特に変わったことはなかったと思うけどね。とはいえ、あたしは小屋の入り口までしか同行していないからなあ」

「小屋、ですか？」

首をひねったルイテラに、ククリはどういうことかと聞き返した。ビーズの紐飾りをシャラリと揺らして、ルイテラが頷く。

「ああ。花嫁の引き渡しは、東の森にある小屋の中で行う決まりなんだ。その小屋には、両側に出入り口があってね。花嫁とそれぞれの一族の代表一人だけが入って引き渡しをするんだよ。こっちの代表はこれまでいつもシド様だったから、実際の引き渡しの時のやりとりや相手の顔までは、護衛のあたしらは知らないんだ」

「なにか揉《も》めたりする様子もなかったか？」

ククリの隣に胡座をかいて座ったナバルが、ルイテラに問いかける。

「争う声や気配……、なにか変わった物音や匂いを感じたことは？」

「……いや、特にそういう気配もなかったね。あたしが同行した時は、ごく短時間で引き渡しは終わって、シド様もすぐに小屋から戻ってきたよ」

思案しつつ答えたルイテラに、ククリはそうですかと肩を落とした。

ククリ自身は引き渡しの場所に着く前に逃げてしまったから、花嫁の引き渡しがそんな方法で行われるなんて知らなかったが、そういうことなら実際の状況はシドに聞くしかない。

(あのシドさんが、すんなり話してくれるとは到底思えないけど……)

同じことを考えていたのだろう。ナバルが難しい顔つきで唸る。

「ククリのことを話した時、叔父上にも花嫁について聞いたんだが、疑われること自体心外だと怒ってしまってな。結局、ほとんどなにも聞けなかった」

「そうですよね……」

元長ということもあって、自分の一族に絶対の誇りを持っているのだろう。無理もないと頷いたククリだったが、ルイテラは呆れたようにナバルに言う。

「また甘いことを……。いくら相手が先代でも、今はあんたが族長なんだから、もっとガツンと言っておやりよ」

「……それができていれば、苦労はしない」

ずけずけと遠慮ないルイテラの物言いに、ナバルが珍しく仏頂面で唸る。

「叔父上相手にそれをやったら、余計に頑《かたく》なになるに決まっているだろう。第一俺は、族長だからと頭ごなしに命令するのは嫌だ」

「嫌とか言ってる場合じゃないだろう。あんたは昔っからそうだ。まだるっこしいね、まったく」

族長相手にズバッとそう言い、ため息までついたルイテラに、ククリは驚いて尋ねた。

「あの、お二人はもしかしてその……、お付き合いされているんですか？」

若年とはいえ、族長のナバルは周囲から尊敬の念を抱かれている様子で、ルイテラのような歯に衣着せぬ獣人は初めて見る。気心の知れた昔からの付き合いのようだし、美男美女で（獣人でも二人が美形であることは間違いないと思う）お似合いだし、もしかしてそういう関係なのだろうか。

しかし、ククリの問いかけを聞いた途端、二人は心底嫌そうにぐしゃっと顔をしわくちゃにして呻いた。

「やめとくれ、本当に……」

「それだけは、絶対にない。なにがあろうと、絶対にない」

口を揃えてはっきりきっぱり否定されて、ククリは曖昧に相づちを打つ。

「そ……、そうなんですね……？」

（そんなに力いっぱい否定しなくてもいいのに……）

何故そこまで否定するのだろうと不思議に思ったククリに、ナバルがうんざりしたように言う。

「俺が族長になる時、年寄り連中が正式に妻を迎えろとうるさくてな。その筆頭候補に挙げられたのが、幼なじみのルイテラだったんだ」

「年も近いし気心も知れてるから、ちょうどいいだろうってさ。冗談じゃない、あたしの好みはもっと知的で落ち着いた、ダンディなオジ様だっていうのに！」

「ダ、ダンディなオジ様……」

憤慨しきりのルイテラから飛び出したパワーワードに、ククリはぽかんとしてしまった。それは確かに、ナバルでは若すぎるかもしれない。

ルイテラに対象外判定されたナバルも、腕組みをして唸る。

「俺も、今更ルイテラを妻にとは考えられなくてな。確かにルイテラなら、族長の妻の重荷も軽々背負えるだろうが……」

「おいおい、誰が怪力だって？」

分かっていてわざと茶化したルイテラに、ナバルが苦笑を返す。

「そういう話じゃないんだが……。まあ、お前が一族の誰よりも勇敢な戦士なのは間違いないな」

「ふん、言うじゃないか」

悪い気はしないねと笑ったルイテラに一層苦笑を深めて、ナバルがククリに告げる。

「そういうわけで、ルイテラは戦士としての腕を買われて、よく『白い花嫁』の護衛役を頼まれていたんだ」

「ま、他に立候補者なんていなかったからね。今年はタイミング悪く弟の体調がよくなかったから、辞退したけど」

ニッと笑うルイテラに、ククリは少し躊躇いつつも踏み込んだ質問をしてみた。

「……ルイテラさんはどうして、他の獣人の方々と違って、人間に偏見がないんですか？」

もちろん、ククリとしては嬉しいことではあるが、ルイテラの自分に対する態度は他の獣人たちとはまるで違う。

人間嫌いな獣人ばかりの中、何故彼女はこんなにも人間に好意的なのかと疑問に思ったククリに、ルイテラが苦笑気味に答える。

「実はあたしも、昔は人間嫌いだったんだ。でもある時、嫌々引き受けた護衛役で、『白い花嫁』と仲良くなって、それで人間に対する考え方が変わってね」

よほど仲がよかったのだろう。顔をほころばせたルイテラが、懐かしそうに声を弾ませる。

「もう二十年くらい前になるかな。ちっちゃくて可愛くて、でも案外気が強くて、とっても物知りでね。シド様の目を盗んで、よく話をしたよ。お互いの一族のことを教え合ったり、恋バナしたりね」

「恋バナ……」

お前が？　と言わんばかりのトーンで呟いたナバルを綺麗に無視して、ルイテラが続ける。

「彼女、同じ一族の幼なじみのことが好きだけど、家の都合で別の一族に嫁ぐことになるかもしれないって言ってたんだよ。その後どうしてるか聞きたかったんだけど、彼女の後に来た子たちは皆獣人を怖がって、話を聞けなくてね。そうだ、あんた、噂かなにか聞いていないかい？　ニュイって子なんだけど……」

「え……!?」

ルイテラの口から飛び出したその名前に、ククリは驚いて声を上げた。まさかと思いつつ、おそるおそる告げる。

「あの……、ニュイは僕の母です。母はちょうど二十年前の『白い花嫁』で……、帰ってきてから、幼なじみの父と結婚しました」

「えっ⁉」

ククリ以上に驚いた様子で、ルイテラが目をまん丸に見開く。まじまじとルイテラを見つめ返して、ククリは呟いた。

「そうか、母さんが言ってた、唯一仲良くなった獣人って、ルイテラさんのことだったんだ……」

色々あってすっかり頭から抜け落ちていたが、確かに母は『白い花嫁』の期間中に護衛の獣人の一人と仲良くなったと言っていた。ルイテラの雰囲気も、母から聞いていたその獣人のイメージと一致する。

（ルイテラさんも、母さんのことを大切に思ってくれていたんだ……）

二十年も前の人間のことを覚えていてくれたなんて、と嬉しく思ったククリに、ルイテラが感慨深げに唸った。

「そうかい、あんたがニュイの息子……。言われてみれば確かに、目元がニュイとそっくりだ」

嬉しそうに笑ったルイテラが、声を弾ませて聞いてくる。

「そうか、じゃあニュイは好きな相手と結婚できたんだね。彼女は元気かい？」

「あ……」

にこにこと問いかけてくるルイテラに、ククリは一瞬返事に詰まってしまう。だが、答えないわけにはいかない。

ククリは大きく息を吸うと、ルイテラを見つめて静かに告げた。

「……母は、亡くなりました。二年前、野犬に襲われて……」

「……亡くなった？」

あまりにも予想外の言葉だったのだろう。ルイテラが茫然と繰り返す。

ショックを受けている様子の彼女に申し訳なくなりながら、ククリは頷いて続けた。

「父も母を助けようとしたらしく、一緒に亡くなっていました。それで、僕は二つ下の妹と、ずっと二人暮らしで……、……っ」

言葉の途中で、ククリは息を呑んだ。

ルイテラの目から、ぼろぼろと大粒の涙が零《こぼ》れ始めたのだ。

「……ルイテラさん」

「あ……、ああ、ごめんね。そう……、そうかい。ニュイは、もう……」

もう、と繰り返したルイテラが、大きく喉を引きつらせる。

「……っ、野犬にって、なんで……、なんでそんなことに……、っ、あたしがいたら、守ってあげられたのに……！　ニュイ……！」

両手で顔を覆い、わっと泣き出したルイテラに、ククリもジンと目頭が熱くなる。二年前に両親が亡くなった時、自分も何度もどうしてと泣き叫んだ。

どうして、なんで、そんなことになったのか。

何故、自分の両親なのか、と。

「ルイテラさん、……ありがとうございます」

涙ぐみながらお礼を言ったククリに、ルイテラが顔を上げる。立ち上がったククリは、涙でぐしゃぐしゃの彼女の傍らに膝をついて微笑んだ。

「一族の人たちが、獣人が花嫁を喰ってしまったんだと言い出した時も、母は絶対に違うと一生懸命否定して回っていました。それはきっと、ルイテラさんが母によくしてくれたからです」

「ククリ……」

「母と親しくして下さって、ありがとうございます。母の死を悲しんで下さって、……ありがとうございます」

懸命に涙を堪えてそう言った途端、ルイテラが勢いよくククリを抱きしめる。

「ル、ルイテラさ……」

「っ、なんて……、なんていい子なんだい……！　さすがニュイの子だよ……！」

声を上げて泣きながら、ルイテラがククリの頭をぐしゃぐしゃに撫で回す。

「これからはあたしがあんたを守るからね……！　いいかい、なにかあったら必ずあたしに言うんだよ……！」

「わ……、分かりました！　分かりましたから、離れて……っ」

力のせいもあって他人との接触に慣れていないククリにとって、こんなに遠慮なく誰かに抱きしめられるなんてほとんど経験がなくて、それだけでパニックになってしまう。

しかも相手は獣人とはいえ、際どい衣装の美女だ。そういうつもりではないのは重々承知しているが、豊満な胸を押しつけられると恥ずかしくてたまらない。

（無理むり無理むり無理！）

すっかり茹《ゆ》であがって真っ赤になってしまったククリを見かねたのだろう。ナバルが苦笑しつつ、ルイテラを制してくれる。

「ルイテラ、その辺りにしてやれ。ククリはそういう接触に慣れてないんだ」

「ナバルさん……」

腕を取り、半ば強制的に救出してくれたナバルに、ククリはようやくほっと息をつく。

不満そうにしつつククリを解放したルイテラが、思い出したように言った。

「ああ、そういえば、素手で触れた相手の心が読めるんだっけ？　すごい力を持ってるもんだねえ、ククリは」

「は、はい。だから、お気持ちはありがたいんですが、僕にはあんまり触れない方が……」

右手さえ手袋をして遮っていれば思考を読んでしまうことはないが、そうは言っても普通は自分に触れるのも嫌だろう。

そう思ったククリだったが、ルイテラはククリの一言を聞くなり、ムッとした顔つきになる。

「……ナバルはククリに触ってるじゃないか」

「俺は別に、隠し立てするようなことはなにもないからな」

肩をすくめて言うナバルに、ルイテラが憤慨する。

「そんなの、あたしだってないよ！　ククリ、握手しよう！」

「えっ」

「ほら、早く手ぇ出して！」

「えええ……？」

手袋を外すよう急き立てられるという、今まで経験したことのない状況に困惑するククリに、ナバルがくすくす笑い出す。

笑ってないで助けて下さいと内心悲鳴を上げつつ、ククリはおずおずと手袋を取ったのだった。


アロの家からの帰り道は、とっぷりと日が暮れていた。

雲の多い夜空には赤と白、二つの半月が浮かんでいる。二つの月は正反対の周期で満ち欠けしており、この日は少し赤い月光が強かった。

「すみません、すっかり話し込んじゃって……」

並んで歩きながら謝ったククリに、ルイテラから借りたランタンを手にしたナバルが頭を振る。

「いや、構わない。……よかったな、母の話ができて」

穏やかに微笑みかけてくれたナバルに、ククリはハイと声を弾ませた。

思いがけず母の旧友だったことが分かったルイテラと話が弾んだククリは、帰る頃にはアロの弟妹たちともすっかり打ち解け、仲良くなった。

泊まっていってとしきりに引き留められたが、治りかけとはいえ病人がいるのにそこまで甘えることはできないと固辞し、ナバルと共に帰路に着いたのだ。

（今日は久しぶりに、姉弟でゆっくり過ごしてほしいしな……）

久々に実家に帰ったアロは、弟のことも心配だからと一泊することになった。とはいえこれは、ナバルの配慮でもある。

連日の看病でルイテラも疲れているだろうから、今日くらいはお前が残って代わりに弟妹の面倒を見てやってはどうだと、ナバルがアロにこっそり指示していたのだ。

（ナバルさんは本当に、仲間のことをよく見てるんだな……）

アロへの指示は、ルイテラへの気遣いはもちろん、弟の体調を心配するアロの気持ちを汲んでのことでもある。

アロもそれがちゃんと分かっているのだろう。ありがとうございますと、嬉しそうにお礼を言っていた。

（こんな人が族長だったら、皆幸せだろうにな……）

どうしても自分の一族と比べずにはいられなくて、こっそりため息をついたククリに、ナバルが耳ざとく気づいて問いかけてくる。

「どうした、ククリ？　疲れたのか？」

「い……、いえ、大丈夫です」

自分にまで気を遣わせるわけにはいかないと、慌てて頭を振ったククリだったが、ナバルはそれを遠慮と取ったらしい。

「無理はするな。子供たちの相手までしていたんだから、疲れて当然だ。……よし」

小さく頷いたナバルが、足をとめる。つられて歩みをとめたククリは、不意に一歩近づいてきたナバルに、身構える間もなくひょいと片腕に抱き上げられていた。

「え……っ、なっ、えっ⁉」

「屋敷まではまだ遠い。俺が運んでやるから、このまま少し眠るといい」

「ちょ……っ、ま、待って下さい！」

まるで小さい子供のようにナバルの腕に腰かけさせられて、ククリはパニックに陥ってしまう。

一体なにがどうしてこうなっているのか、何故ナバルに抱き上げられているのか、いくらククリが小柄とはいえ、人間一人を腕一本で抱えられるなんてどれだけ力持ちなのか、本当に、本当に訳が分からない。

「お……っ、降ろして下さい！　自分で……！　自分で歩けますから……！」

必死に訴えたククリだったが、ナバルはおかしそうにくすくす笑ってゆったりと尻尾を振るだけで、まったく取り合ってくれない。

「遠慮することはない。誰も見ていないし、君は軽いから、これくらい苦でもなんでもない」

「そりゃナバルさんと比べたら軽いでしょうけど……、……っ」

それでもそれなりに重いはずだし、そもそもそういう問題ではないと続けようとしたが、それより早くナバルがゆったりと歩き出す。ククリは慌ててナバルの首すじにしがみついた。

「わっ、うわっ、わ……っ」

「落ち着け。心配しなくても、落としたりしない」

一歩進むごとに悲鳴を上げるククリに、楽しそうにナバルが笑う。

確かに、その太い腕はククリの体重くらいではまるで揺らぐ気配がないし、足取りもまったく危なげない。それでも、いつもよりずっと高い視界は怖いし、とても平静でなどいられない。

——しかも。

（……っ、顔……！　顔、近い……！）

しがみついた分、必然的にナバルと顔が近づいてしまって、余計に動揺してしまう。

人間とは違う骨格のせいで、少し身じろぎしただけでぶつかってしまいそうな鼻先。

背中をしっかり支える、力強い腕。ふっかりと豊かな被毛に覆われた、厚い胸板。

ふわりと漂ってくる、深い森林に似た静かで落ち着いた彼自身の香り。

月明かりに静かに光る、優しく細められた金色の瞳――。

「っ！」

ナバルと目が合った途端、ドッと心臓が大きく跳ね上がって、ククリは慌てて視線を逸らした。

それでもナバルがこちらを見つめ続けているのが気配で伝わってきて、頬が一気にカーッと熱くなる。

（な……、なに？　なんで？）

自分の反応が自分自身でよく分からなくて、ククリは内心混乱してしまった。

どうしてだか分からないけれど、先ほど際どい衣装のルイテラに抱きしめられた時よりもずっと鼓動が速いし、頬も火を噴きそうなほど熱い。

抱き上げられている体勢も、自分からナバルにしがみついていることも恥ずかしいけれど、それよりなにより、こんなに近い距離でナバルに見つめられていることが、どうしてか恥ずかしくてたまらない。

ナバルの目が、いつもよりずっと優しい気がするからだろうか。

彼からこんなにもやわらかい微笑みを向けられるのが、初めてだからだろうか――。

(……右手だけじゃなくて、左手も手袋つけておけばよかった)

ナバルの首すじにしがみついた自分の手を見つめて、ククリはきゅっと唇を引き結んだ。なめらかでやわらかい被毛が指の間で揺れる度、まるでくすぐられているような錯覚を覚えてしまう。

甘痒《あまがゆ》くて、恥ずかしくて、そわそわする――。

「……ナバルさんの、意地悪」

視線を泳がせながら、ククリはぽそりと小さな声でナバルをなじった。

「さっきはルイテラさんから助けてくれたくせに……」

ククリがこういった接触に不慣れだと分かっているくせに、どうして降ろしてくれないのか。どうしてそんなに楽しそうなのかと、ちょっとむくれたククリに、ナバルがくすくすと笑みを零しながら言う。

「さっきはさっき、今は今だ。……それに、今の君から、俺に触れられて嫌だという匂いはしていないからな」

「匂い?」

聞き返したククリに、ナバルがゆったりと頷いて説明する。

「俺たち獣人は、五感が鋭くてな。相手がどんな感情を持っているか、匂いで分かるんだ。君の力のように考えていることがはっきりと分かるわけじゃないが、今どんな感情を抱いているかは匂いで大体分かる」

そう言ったナバルが、ふと足をとめ、ククリのこめかみに鼻先を寄せてくる。

すん、とククリの匂いを嗅いだナバルは、ふっと笑みを深めて告げた。

「今の君からは、恥ずかしがる匂いしかしていない。……格別に甘くて、可愛らしい匂いだ」

「……っ、……っ！」

内緒話のような低い囁《ささや》きに、ククリは一層茹で上がってしまった。

「なに……、なに言って……！」

そんな匂いを嗅がないで下さいとか、甘いとか可愛らしいとか一体どういうことですかとか、今すぐ降ろしてとか、一気にぶわあっと感情が膨れ上がって、咄嗟に言葉が出てこない。

（ナバルさんって……！　ナバルさんって！）

天然なのか、わざとからかっているのか。

冗談ならタチが悪いが、本音だとしたらもっと悪いのではと内心唸り声を上げたククリだったが、その時ふと、ぽつりと頬に冷たい滴《しずく》が落ちてくる。

「……っ、雨？」

呟く間にも、ぽつ、ぽつ、と続けざまに雨粒が降ってくる。空を睨んだナバルが、前屈みになって呟いた。

「……走るぞ」

「え……、っ！」

言うなり駆け出したナバルに、ククリは慌ててぎゅっとしがみつく。程なくして、ザアッと本格的に雨が降り始めた。

ククリが濡れないよう、一層背を丸めて走りながら、ナバルが目を眇める。

「まずいな。どこかで雨宿りしたいが、この辺りには誰も住んでいないしな……」

「……っ、すみません、ナバルさん……」

すっかり雨除け代わりになってくれているのが申し訳なくて、体を縮こまらせながら謝ったククリに、ナバルが足をとめて苦笑する。

「君が謝ることじゃないだろう。とはいえ、このままじゃ二人ともびしょ濡れだな……」

辺りに建物は見当たらないし、冬場なので木々の葉もすっかり落ちてしまっている。ナバルの屋敷まではまだ距離があるし、おまけに風も強くなってきた。

せっかくナバルが陰を作ってくれていたがもう限界で、ククリも半身がどんどん濡れつつある。

（どこか……、どこか、休めるところがあれば……）

持ちます、とナバルが手にしていたランプを引き受け、目を凝らして周りを見回すククリを抱え直して、ナバルが言う。

「仕方ない。このまま一気に屋敷まで……」

——と、その時だった。

「あ……」

ふわ、とどこからともなく唐突に、ククリの目の前にあたたかな橙色の火の玉が現れたのだ。

メラメラ揺れる火の粉と、くりんとしたつぶらな黒い瞳――。

「メラ！」

「……っ、な……」

きゅるんと目を細めたメラにククリが歓声を上げるのと、ナバルが息を呑むのはほとんど同時だった。

ふわふわ宙に浮かんでいるメラを見つめて硬直しているナバルに、ククリは驚いて尋ねる。

「ナバルさん、もしかしてメラが見えるんですか？」

今までメラの姿は、ククリと家族にしか見えなかった。草原の一族の人たちには見えなかったのにと驚くククリに、ナバルが茫然と聞き返してくる。

「メラ……？」

「この子の名前です。あっ、大丈夫ですよ。メラはいつも、僕が困っていると助けてくれて……」

危険はないと慌てて説明しようとしたククリだが、その時、ナバルを見上げているククリの視界にメラが割り込んでくる。

ゆらゆらと炎を揺らめかせたメラは、スウッと二人から離れ、宙に浮かんだままパチパチと火の粉を弾けさせた。

「！」

「ついてきてって言ってるみたいです」

「………………」

メラの意図を伝えたククリに、ナバルがこくりと喉を鳴らす。

早く早くと急かすように宙でふわんふわん揺れているメラを見て、ククリはナバルに言った。

「あの、メラについて行ってみませんか？　多分、雨宿りできる場所を知っているんだと思います。メラはこれまで何度も僕を助けてくれていて、本当に危険はありませんから……」

「……ああ」

まだどこか茫然とした様子で、ナバルが頷く。

まじまじとメラを見つめながらも、その後について歩き出したナバルを見上げて、ククリは内心首を傾げた。

（ナバルさん、どうしたんだろう……）

確かに、メラを初めて見たらびっくりするだろうとは思うが、それにしても驚きようが尋常ではない気がする。それに、家族にしか見えなかったメラが、何故ナバルには見えるのかも気になる。

一体どういうことだろうと疑問に思っていたククリだが、そうこうしている間に目の前に洞窟が見えてくる。

本降りの雨の中でも平気そうにしていたメラだが、やはり火の玉だけあって雨自体苦手ではあるのだろう。ピューッと速度を上げて洞窟に飛び込んでいく。

小走りでメラを追ったナバルも、慎重に中の気配を窺いつつ洞窟に足を踏み入れた。

「…………」

「ナバルさん、降ろして下さい」

「……あ、ああ」

ククリを地面に降ろした後も、ナバルは洞窟の中でふわんふわんと揺れているメラを驚愕の眼差しで見つめたまま、固まっている。

ククリが洞窟の中に溜まっていた落ち葉や枯れ枝を集めると、メラが待ちかねたようにそこに飛び込んできて、小さなたき火が完成した。

「ありがとう、メラ。それから、この間も僕の怪我を治してくれたよね。メラ、あんなこともできるなんて、やっぱりすごいんだね」

パチパチと弾ける炎にほっとしつつ言ったククリに、たき火の中から飛び出してきたメラがえっへんと胸を張る。

フンスと鼻息が聞こえてきそうな顔つきで、自慢気にメラメラッと炎を揺らすメラにくすくす笑いつつ、ククリは改めてお礼を言った。

「メラのおかげでもうすっかり元気になったよ。本当にありがとう。今なにも持ってないから、今度また改めてお礼するね」

「……！」

ククリの言葉に、メラが期待するようにキラキラと目を輝かせる。ご機嫌そうに炎を揺らめかせたメラは、ふとナバルに気づくと、検分するように彼をじいっと見つめた。

「彼はナバルさん。獣人一族の族長さんで、僕が今お世話になっている人だよ」

「？」

ククリがそう紹介すると、メラがきょとんと首を傾げる。何故ククリが獣人と一緒にいるのか、事情が分からず不思議なのだろう。

ほとんど体ごと斜めになっているメラにくすくす笑いながら、ククリは説明した。

「僕、ツィセの代わりに『白い花嫁』になったんだよ。それで、族長のナバルさんのところにいるんだ」

「！」

端的に告げたククリの言葉は、どうやらメラに伝わったらしい。

驚いたようにきゅるるんと目を煌《きら》めかせたメラが、ひゅんとナバルの近くまで飛んで行く。彼の周りをくるくる回りながら、爪先から頭のてっぺんまでしっかりと確認したメラは、納得したようにフンスと頷き、ククリの元に戻ってきた。

にこにこと笑みを残し、スウッと消えていく。

（……なんか、いつもより機嫌よさそうだった？）

メラは喋れないので実際どうだったかまでは分からないが、いつもより火の粉が元気よくパチパチ弾けていたような気がする。

気のせいかなと思いつつ、ククリはナバルに声をかけた。

「ナバルさん、こっちへどうぞ。近くで火に当たって下さい」

自分はナバルのおかげで半分しか濡れていないが、ナバルはずっと雨に打たれ続けていたせいで、背中がずぶ濡れだ。

「濡れたままだと風邪をひきます。さあ」

「っ、……ああ」

謎の浮遊物体に突然絡まれて、どうしていいか分からなかったのだろう。メラが消えていった空間を茫然と見つめていたナバルが、我に返ったように頷き、洞窟の入り口でブルルッと大きく身を震わせて水気を飛ばす。

たき火の近くに太い丸太を寄せようとするククリを制し、軽々と丸太を押し転がしたナバルは、そこにククリを座らせると、隣に腰かけてふうと息をついた。

「……助かった。ありがとう、ククリ」

「僕はなにも。お礼なら、今度メラに言ってあげて下さい。会話はできないけど、こっちの言葉は分かるみたいですから」

そう言ったククリに、ナバルが唸る。

「君は、彼が何者なのか知っているのか？」

「ええと……、正確には知りません。実はメラは僕が子供の頃、この森の近くで弱っていたところを助けて以来、困っているとああして現れて、手助けしてくれるようになって……。今まで僕の家族以外に見えたこともなかったし、火の精霊なのかなって勝手に思ってました」

言葉は通じないけれど、いつも自分を助けてくれるし、見守ってくれているから、きっといい存在なのだろうと思っていた。

そう答えたククリに、ナバルがこわばった表情で告げる。

「確かに、彼は火の精霊だ。それもおそらく、この森を古来から守っている、大精霊様だ」

ナバルの口から飛び出してきた大仰《おおぎょう》な単語に、ククリは大きく目を見開いて聞き返した。

「大精霊……、様？」

（大精霊様って……、ただの精霊じゃないってこと？）

大精霊なんて初めて聞くが、なんだかとても厳《いか》めしくて、メラの可愛らしい見た目や仕草とはあまりにも結びつかない。

本当にあのメラがそんな大それた存在なのか、むしろ精霊の赤ちゃんなのではと思ったククリだったが、ナバルは小枝を火にくべつつ言う。

「俺の一族に伝わる話だ。その昔、俺の一族は住んでいた土地を人間に追い出されてな。だが、ある獣人がこの森で弱っていた火の精霊……、大精霊様を助けて、不思議な力を授かった」

「不思議な……、力？」

ナバルの一言に、ククリは大きく目を瞠った。

（まさか……）

ドキドキと、鼓動が早くなる。

固唾《かたず》を呑んだククリを見つめて、ナバルがゆったり頷いて言う。

「ああ。その力は、触れた植物を瞬時に実らせる力だったたそうだ。おかげで食料に困ることのなくなった一族は、この森に定住することにした。この一帯が冬場でも緑豊かなのは、その力を応用して、寒さに強い種を手に入れたからだと伝わっている」

「………………」

「君の力は、大精霊様に授かったものだったんだな」

目を細めて微笑むナバルに、ククリは茫然と呟いた。

「僕の、力……」

パチパチと火の粉を上げる小さなたき火を、じっと見つめる。

先ほどメラが点けてくれた火は、彼と同じあたたかな橙色をしていた。

「……そう、だったんだ。僕のこの力は、メラがくれたものだったんだ……」

呟いて、ククリは手袋に覆われた自分の右手に視線を移した。

なんだか夢の中の出来事のようで、まだ少し信じられないけれど、自分にこの力が備わったのは、確かにメラを助けた後だ。

まさかメラがそんな大きな力を持った大精霊だなんて思ってもみなかったけれど、そういうことなら辻褄が合う。

自分のこの力は、メラが授けてくれたものだったのだ――……。

じっと右手を注視し続けているククリに、ナバルがそっと声をかけてくる。

「俺にも大精霊様が見えたのは、俺がその獣人の子孫だからだろう。力を授かった獣人は、一族の長になったと伝わっているからな。だが、実際に目にしたのは初めてだし、今いる一族の誰も大精霊様に会ったことはないはずだ」

まさかこんな形で会えるなんてな、と感慨深げにナバルが続ける。

「大精霊様は、邪心のない者の前にしか現れないし、会えたとしても一生に一度の幸運だと伝わっている。何度も助けてもらったなんて、君はよほど大精霊様に気に入られているんだろうな」

「……そんなにすごい精霊様だったんですね」

聞けば聞くほど自分の知っているメラの印象とはほど遠くて、ククリは戸惑いつつも頷いた。

今までもメラに対して、人知を超えた存在だろうという認識はあったけれど、可愛くて頼れる隣人の印象が強くて、なんだか別人のことを聞いているかのようだ。

ふっと視線を落としたククリは、ぐっと右手を握りしめて切り出した。

「僕は……、僕はずっと、この力が忌まわしかったんです。この力のせいで一族の人たちから敬遠されていたし、妹まで不幸にするところだったから……」

自分が人から疎《うと》まれていること、自分の力のせいで妹に苦労させてしまったことを打ち明けるのは、勇気のいることだった。

けれど、ナバルならきっとありのままを受けとめてくれる。どうしてかは分からないけれどそう思えたし、それは正しい直感だったらしい。

「……そうか」

静かに、ただそう言って頷いてくれたナバルにほっとして、ククリは顔を上げた。

穏やかなナバルの目を見つめて続ける。

「でも、僕の両親は、僕の力のことをずっと肯定してくれていました。無闇に使っていい力ではないし、他の人の心を勝手に暴いていいわけではないけれど、それでも、僕の力は相手の心に寄り添うことができる、素晴らしい力だって。いつか人を助けることができるはずだって」

悪いことばかり起きて、自分の力などなんの役にも立たなくて、とてもそうは思えなくなっていた。けれど、それでもずっと、両親の残してくれた言葉を忘れたことはなかった。

いつかその言葉が真実になったならと、願わずにはいられなかったから——。

「今日、この力の真相が分かって、もしかしたら本当にそうなのかもしれないって、ようやくそう思えました。メラがくれた力なら、悪いもののはずがない。僕さえ間違えなければ、この力はきっと誰かの役に立つ日が来るはずだって」

ずっと自分を助けてくれていたメラが授けてくれた力だ。両親が言っていたように、きっと自分がこの力を授かったのには、なにか意味があるはずだ。

そう思ったククリに、ナバルが頷いて言う。

「ああ、俺もそう思う。大いなる力は、使い方によって善にも悪にもなる。ご両親の言葉を真実にできるかどうかは、君次第だ」

「……はい」

力強い言葉に、ククリはぐっと唇を引き結んで頷いた。

今まで自分は、力を隠すことばかり考えて、活かすことなど思いもしなかった。人に嫌われることを恐れて、自分の力を誰かの役に立てようなんて考えられなかった。

けれどそれでは、両親の思いを無駄にすることになる。

両親が信じてくれた自分を、自分も信じたい。

ちゃんと、この力に向き合いたい――。

「……っ、くしゅん！」

と、その時、急に寒気に襲われて、ククリは盛大にくしゃみをしてしまった。隣のナバルが、驚いたようにピンと耳を立て、ぶわっと被毛を逆立てて目を見開く。

「す……、すみませ……、っくしゅ！」

慌てて謝るも、またくしゃみが出てしまったククリに、ナバルが唸る。

「そういえば、人間は俺たちのように被毛がないから、雨に弱いんだったな。……不便なものだな。被毛があれば、多少の雨など弾けるのに」

そう言うナバルの背は、確かにもう乾き始めている。おそらく雨も中までは浸透していないのだろう。

対照的に濡れて張り付いたままのククリの服を見て、ナバルが目を眇めて嘆息した。

「とりあえず、その服を脱げ」

「えっ」

「濡れたままじゃ風邪をひく。さっき君もそう言っていただろう」

いいから脱げとばかりに、ナバルが手を伸ばしてくる。

ククリは慌てて立ち上がって言った。

「だ……、大丈夫です。第一、着替えもないですし……」

確かに濡れたままはよくないが、だからと言ってこんなところで服を脱いだら凍えてしまう。

固辞しようとしたククリだが、ナバルはサラリととんでもないことを言い出す。

「俺が抱きかかえていれば問題ないだろう」

「っ⁉」

「ほら、早くしろ」

「えっあっ、うわっやめっ」

立ち上がったナバルに詰め寄られ、上着を奪い取られる。焦ったククリは、たまらず叫んだ。

「じ、自分で！　自分で脱ぎますから！」

このまま強行突破されるよりは、その方が幾分かましだ。そう思ったククリに、ナバルがあっさりと頷く。

「そうか。じゃあ、早く脱いでこっちに来い」

「……っ、……っ」

（そ、その言い方は、なんか……！　なんかよくない！）

やっぱりナバルは結構タチが悪いのかもしれないと思いつつ、ククリは思い切って服を脱ぐ。上着と一緒にたき火の近くに広げて置くククリに、ナバルが声をかけてきた。

「下も脱いだ方が……」

「っ、大丈夫です！　下は！　そんなに！　濡れてないので!!」

力強く拒否したククリの勢いに気圧されたように、ナバルがそうか、と頷く。

顔を真っ赤にしつつナバルの隣に座り直そうとしたククリだったが、腰を下ろすより早くナバルが手を伸ばしてくる。

「そっちじゃない。こっちだ」

「……っ！」

くいっと軽い力で手を引っ張られ、ナバルの膝の上に座らされる。なめらかな被毛に覆われた広い胸に身を預ける格好になり、ククリは反射的に謝ろうとした。

「す、すみませ……」

だがナバルは、手袋をしたままのククリの右手に気づくなり、不機嫌そうに唸る。

「これもびしょ濡れじゃないか」

「あ……!?」

抗《あらが》う間もなく、濡れて張り付いていた手袋を引《ひ》っ剝《ぺ》がされる。

嘘、と目を見開いたククリの頭の中に、ナバルの思考がドッと流れ込んできた。

『……指先がまるで氷のようだ。こんなに冷えていたのに気づかなかったなんて、可哀想なことをしてしまった』

「ちょ……っ、ナバルさ……！」

『早くあたためてやらないと……』

ナバルの声が響くのとほとんど同時に、ククリの背に太い腕が回される。もう片方の手でククリの右手を包み込んだナバルが、ハアッとあたたかい息を吐きかけてきた。

「……っ!?」

やわらかな被毛に覆われた大きな手、自分の数倍はあろうかという大きな口で優しく手をあたためられて、ククリはすっかり思考が停止してしまう。

（な……、なに？　なんで？）

なにが起きているのか、分かるのに分からない。

だが、混乱するククリをよそにナバルは手をあたため続けているし、その思考は絶えず流れ込んでくる。

『人間は雨にあたっただけで、こんなに冷たくなるものなのか……。冷たすぎて、ちゃんと生きているか不安になるな』

「ナバルさん、あの」

『体も手も小さすぎるし、細すぎる。屋敷に帰ったら彼の好物をたくさん用意して、もっと食べさせないと……』

「あの!?」

思考があらぬ方向に飛んでいっているナバルに仰天して、ククリはバッと右手を引っ込めた。触れないよう、不用意に触れてしまわないよう、ぎゅうっと拳を固く握りしめて、真っ赤な顔でナバルを見上げる。

「こ……、これくらいで人間は死にませんし、大きさもこれが普通です。いくら食べても、僕はナバルさんほどは大きくなりません」

「……そうなのか?」

きょとんと首を傾げるナバルに、そうなんですと力強く頷いて、ククリは続けた。

「というか、勝手に手袋取らないで下さい！　僕の力のこと、知らないわけじゃないでしょう！」

思考が読めるんですよ、読まれたら嫌でしょうと、精一杯怖い顔を作って睨んだククリだったが、ナバルは肩をすくめてしれっと言う。

「知ってはいるが、別に心を読まれても特に困らないしな」

「な……っ！」

「言っただろう。俺は特に隠し立てするようなことはないと。君に知られて困るようなことは、なに一つない」

苦笑したナバルが、そっとククリの拳に手を伸ばす。やわらかな被毛に覆われたあたたかく大きな手でククリの右手を包み込んで、ナバルは穏やかな声で問いかけてきた。

「それとも、俺に触れられるのは嫌か？」

「……っ」

「……嫌じゃなさそうだな」

鼻先を近づけてきたナバルが、すん、とククリの匂いを嗅いで嬉しそうに笑う。

『……よかった。ここで嫌がられたら、彼をあたためる手段がなくなるところだった』

同時に、ほっとしたような心の声も聞こえてきて、ククリはもう呻くしかなかった。

「匂いで判断するの、ずるいです……」

それを言ったら、彼の本心を読んでしまっている自分はどうなのかということになるが、今この状態はむしろ読まされているようなものなので、やっぱりずるいのはナバルだと思う。

（そんな優しい理由で嬉しそうにされたら、嫌だなんて嘘でも言えないよ……）

拗《す》ねた声でせめてもの抗議をしたククリに、ナバルが苦笑して言う。

「すまない。だが君の匂いは本当にいい匂いで、つい嗅いでしまいたくなるんだ」

『……さっきより可愛い匂いがしているしな』

「っ、ナバルさん、それわざとですか⁉」

あまりにも恥ずかしい心の声に、むず痒さを堪えきれず悲鳴を上げたククリだったが、ナバルはおかしそうに笑って開き直るばかりだ。

「わざとなんて、そんなわけないだろう。君に嘘なんてつけないんだから」

『つく気もないしな』

耳から入ってくる声も頭の中に響く声も、どちらも穏やかでやわらかく、からかうような甘さはあるものの真摯で優しい。

それがたまらなく恥ずかしくて、それなのに泣きそうなくらい嬉しくて、ククリは羞恥《しゅうち》だけではないものに瞳を潤ませて唇を引き結んだ。

（……こんな人が、いるんだ）

聞こえてくる声と本心にまるで差異がない人なんて、初めてだ。

この人の言葉は、心を読まなくても信じていいのだ——。

「……君が大精霊様に気に入られる理由が、分かった気がする」

すっぽりと、一層深くククリを抱き込んで、ナバルが静かに言葉を紡ぐ。

広くて厚い胸板は、人間のそれよりずっとあたたかい。ふっかりとした被毛に頬を埋《うず》めると、穏やかな香りに身も心もふんわりと包み込まれるような心地がした。

するすると肌をくすぐるなめらかな被毛が、少し恥ずかしいけれどとても気持ちいい。

「君は、誰よりも優しくて、強い。つらい思いをしてもご両親の言葉を信じたいと願うのも、自分を疎んじた一族の者たちを見捨てず、いなくなった花嫁たちの行方を追おうとするのも、君が優しくて強いからだ」

「……そんなこと、ないです。一族の中には助けてくれる人もいたし、花嫁も昔から知っている子ばかりだから……。それに、僕は逃げてばかりで、ちっとも優しくも強くもないです」

褒め言葉が過ぎると否定したククリに、ナバルが小さく笑って言う。

「だが、最終的には逃げずに向き合っているじゃないか。それができるのは、君が芯の部分では優しくて強いからだ」

『……人間にも、こんな者がいるんだな。肉体的には弱くても、こんなにも強い心を持った者が』

落ち着いた低い美声が、耳と頭の奥に優しく響く。

パチパチと火の粉が弾ける小さな音、ザアザアと降りしきる雨音と混じり合う、やわらかな声。

ふかふかの被毛から伝わってくる体温が、たまらなく心地いい――……。

「君に出会えてよかった。君のような人間がいることを知れて、俺は嬉しい」

『もっと、君のことを知りたい。君の力になりたい』

「……ぼく、も……」

僕も、同じです。

出会えてよかったし、もっとあなたのことが知りたい。

そう答えようとしたのに、もう言葉が声にならない。

急速に襲ってきた眠気に優しく意識を搦《から》め捕られて、ククリはすうっとやわらかな夢の中へ落ちていった――……。


腕の中で、小さな体からことりと力が抜け落ちる。

「……ククリ？」

休んでほしいとは思っていたものの、まさか本当に自分の腕の中で眠るとは思ってもみなくて、ナバルは驚いて硬直してしまった。

雨に打たれて疲れていたのだろう。呼びかけに返事はなく、すうすうと小さな寝息が聞こえてくるばかりだ。

（大丈夫なのか？　こんなに無防備で……）

牙も爪もある、自分よりずっと大きな生き物の腕の中で眠り込むなんて、彼は小動物としての自覚が足りないのではないだろうか。

だが、それだけ安心してもらえているのだと思うと、じわじわと喜びが込み上げてくる。

(……俺の腕の中で、安心してくれるのか。こんなに無防備に、身を預けてくれるのか……)

信頼、してもらえているのだろうか。

種族の違う、まだ出会って間もない自分を——。

(それはかなり……、かなり、嬉しいな)

起こさないよう、傷つけないよう慎重に、そっとその細い体を抱きしめて、ナバルはククリの髪に鼻先を埋めた。

サラサラの髪の感触に目を閉じ、こっそり彼の匂いを堪能する。

(眠っている時も、いい匂いがする。優しくて甘い、やわらかな香りだ)

彼の香りは、まるで春の野に咲く、小さな花のようだ。

決して強くないのに、ずっと嗅いでいたくなる、健気で愛らしい香り——。

(……可愛いな)

ごく自然に浮かんだその感情に、ナバルは自分で自分に驚きを禁じ得なかった。

——人間は父親の仇だと、ずっとそう思ってきた。

人間との戦いで負った怪我が元で息を引き取る時、父は自分に人間を恨むなと言い残した。

私怨に囚《とら》われず広い視野を持て、お前はいずれ一族を率いる長になるのだから、と。

だからこそ、恨みを理性で抑え込んできた。

一族の為には歩み寄る必要があるが、自分自身はきっと心の底から人間を信頼することはできないだろう、許すことはできないだろうと、そう思っていたのに。

(彼には……、ククリには、そんな感情がまるで湧かない。……いや、最初はそういう感情もあったはずだが……、今はもう、とてもそんなことは思えない)

ククリを見ていると、守ってやりたいという感情が湧いてくる。

彼の力になりたい、彼のことをもっと知りたい、彼の一番近くにいたい――……。

(……彼が眠ってくれて、よかった)

すっかりあたたまった小さな手をそっと親指で撫でながら、ナバルはこっそり苦笑を零す。

知られて困ることはなに一つないと言ったばかりだが、この気持ちは知られたら少し困る。

知られたら、きっと彼を驚かせてしまうだろうから。

「……ククリ」

低い声でそっと、小さくその名を呼んで、ナバルは静かに目を閉じた。

パチパチと弾ける火の粉が、優しく二人を照らしていた――。

◆◆◆

――数日後。

からりとよく晴れた冬晴れのこの日、ククリはアロと共に獣人の里を散策していた。

「で、あっちが放牧場！　ほら、見えるだろ！」

フフンと自慢気にアロが示した先には、ところどころ大きな岩が顔を出す日当たりの良い斜面に、広大な草原が広がっている。

杭と縄で仕切られた柵の向こう側では、メェメェと無数の山羊《やぎ》たちが群れをなし、のんびりと草を喰《は》んでいた。

「オレたちの一族は、共同で山羊を飼ってるんだ。世話も皆で交代でしてるんだぜ。どうだ、すごいだろ！」

ドヤ顔で説明してくれるアロに、ククリはすっかり感心して唸る。

「うん……！　話には聞いていたけど、まさか本当に、真冬でもこんなに青々と草が生い茂ってるなんて……！」

「いや、そこかよ」

もっとこう、山羊がいっぱいいてすごいとかなんかあるだろ、と呆れ顔のアロに突っ込まれて、ククリはごめんごめんと苦笑して謝った。

――ルイテラの元から帰ってきたククリは、ここ数日、毎日シドの元を訪ねていた。だが、当然ながら門前払いを食らい続けており、未だにシドから話は聞けないままだ。

加えて、他の獣人たちからも今まで以上に避けられてしまっている。どうやらあの日、シドが往来でククリの力について話した為、ククリが触れた相手の思考を読めることは既に里中に広まっているらしかった。

おそらく今日アロがここに自分を連れて来てくれたのも、あまりにも獣人たちに避けられ続けているのを見かねて、気晴らしにと考えてのことだろう。

こっちこっちと手招きするアロに、後でちゃんとお礼を言おうと思いつつ、ククリは草原の空気を胸いっぱいに吸い込んだ。

(……草の匂い、久しぶりだ)

獣人の里は森の奥深くにあるから、木々の香りは毎日感じているけれど、ククリにとっては草原の香りの方が馴染み深くてほっとする。自分が育てている羊たちではないとはいえ、草を喰む山羊たちの姿を眺めているだけで心が安らいだ。

――あの日、洞窟で雨宿りした後、ククリは結局朝までナバルの腕の中でぐっすり眠り込んでしまった。

目が覚めた時は咄嗟に前夜のことを思い出せず、何故自分は上半身裸なのか、どうしてナバルに抱きしめられているのかと慌てふためいて、ナバルに随分笑われてしまった。

『ゆっくり休めたようで、安心した。が、君はもう少し、小動物の自覚を持った方がいい』

小動物の自覚とは、と疑問に思いつつも平身低頭で謝ったことは、まだ記憶に新しい。

（ナバルさん、いつもはすごく優しいのに、時々ちょっと意地悪なんだよな……）

今まであんなふうに誰かから軽口を言われたことがないから分からないけれど、ナバルにからかわれると、なんだか無性に胸の奥がくすぐったくなる。

意地悪だと思うのに、どうしてか嫌な気持ちは湧き上がらなくて、そわそわと指先が甘痒くなってしまう――。

「……不思議な人だよなあ、ナバルさんって」

「ン？」

心の中で呟いたつもりが、どうやら声に出てしまっていたらしい。

隣のアロに聞き返されて、ククリは慌てて誤魔化そうとした。

「あっ、えっと、そう！　素敵な人だなあって！」

「なーんだ、そんなの当たり前だろ！　ナバル様はすごいんだからな！」

先ほど放牧場を紹介した時とは比べものにならないくらい得意気な顔で、アロが言う。

「ナバル様はな、一族きっての戦士なんだ！　先代のシド様だって、試合でナバル様に勝ったことはないんだぜ！　狩りに出れば誰よりも大きな獲物をとってくるし、それにものすごく物知りで、薬師もナバル様に助言を求めることがあるくらいなんだ！　なんでも知ってるし、皆に優しいし……」

アロは本当に、心からナバルを尊敬しているのだろう。立て板に水とばかりに続く賞賛にちょっと圧倒されてしまったククリだったが、続く言葉に思わず息を呑む。

「今日だって、最近ククリが元気ないから、山羊を見に連れて行ってやってくれって頼まれてさ」

「え……」

「ククリは草原の一族だから、きっと野原の匂いが恋しいだろうって。ここには山羊しかいないけど、でも生き物に囲まれて育ったなら、群れを眺めているだけでも落ち着くんじゃないかって言ってたぜ。それに今朝の卵料理だって、ナバル様がわざわざ料理番に頼んで作らせたんだ。ククリの好物だからって！」

やっぱりナバル様はお優しいよなあ、とニコニコ言うアロに、そうだねとどうにか頷いて、ククリは俯《うつむ》いた。

（……料理まで、気遣ってくれてたんだ）

しかもククリはこれまで、居候《いそうろう》の身で好き嫌いなんて言えないからと、出された料理はすべて美《お》味《い》しいですとありがたくいただいている。特にこれが好きとか美味しいとか、そんなことを言った覚えもない。

（そういえば最近、一度食べて特に美味しいと思った料理ばかり出てきてた……。あれも偶然じゃなかったんだ）

もしかしたら言葉に出さずとも匂いで伝わってしまっていたのかもしれないが、それにしたってナバルがククリのことを気遣ってくれていたことに変わりはない。

(どうしよう……、僕、今すごく、……嬉しい)

ナバルが気遣ってくれたこと、それ自体ももちろん嬉しいけれど、なにより、ナバルがククリのことを理解してくれていることが嬉しい。

自分の好きなもの、大切にしているものを彼が尊重してくれていると思うと、先ほどの比ではなく胸の奥がくすぐったく、あたたかくなる。

まるで彼自身の被毛に包まれたあの時のように、優しくてやわらかい、幸せな気持ちが込み上げてくる――……。

(僕も……、僕もなにか、ナバルさんに返したい)

こんなによくしてもらって、なにも返さずにはいられない。

受け取ってばかりでなくなにか、ナバルの為になにか、したい。

(……それにはやっぱり、花嫁たちの行方を突きとめないと)

手袋に覆われた自分の右手を見つめて、ククリは唇を引き結んだ。

ナバルは、獣人一族の潔白を信じている。だがそれを立証するには、犯人を見つけ出すか、ククリの力で白黒つける他ない。

自分が獣人たちから信頼を得て、彼らの心の声を聞かせてもらえれば、獣人たちの疑いを晴らすことができる――。

「頑張らないと……」

呟いたククリに、アロが不思議そうに首を傾げる。

「思うんだけどさ、ナバル様から聞いたけど、ククリのその力って大精霊様から授かったんだろ？　だったらそれを言えば、皆畏れ多いー、ハハーッてなって、協力してくれるんじゃない？　その方が手っ取り早いじゃん」

「……それは駄目だよ」

芝居がかったアロの言い方にちょっと笑ってしまいながらも、ククリはアロを制した。

「大精霊様は、獣人族にとってとても大切な存在なんだろう？　その大精霊様が人間に力を授けたって聞いたら、嫌な気持ちになる獣人もいるかもしれない。それに、そういう大きな力を振りかざして相手に言うことを聞かせるのは、一番しちゃいけないことだ」

確かにアロの言う通り、ククリの力がメラから授かったものだと打ち明ければ、皆協力してくれるかもしれない。

だがそれは、信頼ではない。

「僕は、僕自身のことを信じてもらいたい。時間がかかっても、難しくても、そうしたいんだ」

「……ふーん」

ククリの説明に、アロが分かったような、どこか納得できないような、曖昧な表情を浮かべる。

ククリは苦笑して、アロに頼んだ。

「だから大精霊様のことは、他の皆には黙っていてね」

「分かったけど、でもさあ……」

一応は頷きつつも、不満そうにアロが口を尖《とが》らせた、その時だった。

「おーい、アロ！」

丘の向こうから、数人の獣人の仔が駆けてくる。さすが狼の獣人だけあって俊足の彼らは、あっという間に駆け寄ってくると、物珍しそうにククリをじろじろ見つつ、アロに言った。

「久しぶりじゃん！　元気だったか？」

「花嫁のお目付け役だっけ？　いくらナバル様のおそばにいたいからって、お前よくそんな面倒くさい役目引き受けたよなあ」

わいわいと賑《にぎ》やかな彼らは、どうやらアロの遊び仲間らしい。

「これが人間？　へー、オレ人間って初めて見た！」

目を丸くした一人が、おっかなびっくりククリを指でつつこうとする。サッとそれを手で遮ったアロが、厳めしい顔で唸った。

「こら、失礼なことするな！　ククリはナバル様のお嫁さんなんだぞ！」

「お嫁……、いやあのアロくん、花嫁っていうのは契約上の仮のもので……」

あまりにもはっきり嫁扱いされて、ククリはおろおろと訂正する。

だが、アロの友人たちは案外あっさりとククリから離れてくれた。

「ま、どうでもいいや！　毛もないし、つるんつるんでなんか変だし！」

「それよりさー、オレたち今から度胸試ししに行くんだけど、アロも来いよ！」

「えっ、度胸試し!?」

友人の言葉に、アロが声を弾ませる。しかしすぐ、ハッと我に返ったアロは、ぶるぶると頭を振ってそれを断った。

「だ……、駄目だ、駄目！　オレ、ククリを放牧場に案内するよう、ナバル様から頼まれて……」

「え？　でももう来てんじゃん。案内だけならもう終わっただろ？」

首を傾げた一人に続いて、他の友人たちがアロの腕を引いて誘う。

「なあ、ちょっとだけならいいじゃん。すぐそこだし、な？」

「最近遊んでなかったし、オレたちだってたまにはアロと遊びたいよ」

「うー……、でも、ククリを一人にするわけには……」

なあなあと腕を引っ張られたアロが、ぐるぐると悩み出す。

ククリは見かねて、アロに助け船を出した。

「アロくん、それなら僕も一緒に行くよ」

「えっ、いや、でも」

「もう十分ゆっくりさせてもらったし、それに僕も獣人族の遊びに興味があるから」

アロだって遊びたい盛りだろうに、毎日自分に付き合ってくれているのだ。これくらいの息抜きがあってもバチは当たらないだろう。

(すごく仲のいい友達同士みたいだし、そういう相手は大事にしてほしい)

にこにこと言ったククリに、アロがそろりと上目遣いで聞いてくる。

「……いいの？」

「うん、いいよ。今度は僕がアロくんに付き合う番」

「……！　うん！」

久しぶりに友達と遊べるのがよほど嬉しいのだろう。ブンブンと尻尾を振ったアロが、大喜びで友人たちと歩き出す。

「なあなあ、お目付け役ってなにやってんの？」

「人間ってなに食べるの？　あいつ、なんかすごい力持ってるって本当？」

友人に囲まれ、質問攻めにされているアロを後ろからのんびり眺めつつ、ククリは彼らについて行った。

(……いいなあ)

微笑ましい光景にほっこりとしつつも、少しだけ胸の奥が痛む。

自分にもああいう友達がいたらよかったのにと思わずにはいられなくて、でもそれはもう叶わない願いで。

せめてアロには友達を大切にしてほしい、とお節介ながらも思っていると、ほどなくして大きな岩場が見えてくる。

岩場の周囲には木々が生い茂り、ちょっとした森のようになっていた。

「よし、到着！　オレが一番乗り！」

駆け出した一人が、勢いよく岩場を登っていく。子供ながら、さすが獣人だけあって筋力は並の人間以上らしく、切り立った高い崖のような岩をほとんど両腕の力だけで上まで登っていく様子に、ククリは思わず感嘆してしまった。

「すごい……」

「オレ二番ー！」

宣言したアロが、彼に続いて登り始める。

頂上に着いた二人は、慣れた様子で下を見下ろし、なにやら相談し始めた。

「じゃあ今日はあの木な！」

「オッケー！　どっちがカッコよく飛び移れるか、勝負だ！」

（飛び移る!?）

二人の言葉に仰天したククリだったが、彼らは少し後ろに下がると、助走をつけて高い岩場の上から次々に飛び下りる。

「危な……っ」

「よっと！」

思わず声を上げかけたククリの目の前で、アロが近くの木の枝にぶら下がり、ぐるりと器用に一回転してから、スタッと地面に降り立つ。

「……っ」

命綱もなにもない危険な遊びに、心臓がバクバクと早鐘を打つククリとは裏腹に、アロは得意気に尻尾を振って言う。

「へへ、どうだ！　すごいだろ、ククリ！」

「す……、すごかったけど、危ないよ……」

（え……っ、これが普通なの？　獣人の子供って、皆こんな危ないことして遊んでるの？）

いくら身体能力に秀でているとはいえ、これはさすがに危険ではないのか。

やめさせた方がいいのでは、と心配になってしまったククリだったが、水を差すのもどうかと迷っている間に、アロは三角の耳をピンと立てて元気よく駆け出してしまう。

「よーし、もう一回行ってくる！　見てろよ、ククリ！　次は三回転するからな！」

「ちょ……っ、アロくん！」

ククリが慌ててアロをとめようとした、その時だった。

先ほどアロと一緒に飛び降りてきた獣人の仔が、ニヤッと笑って言う。

「なあなあ、お前も度胸試し、やってみろよ」

「え⁉　いや、僕は……」

さすがに無理、と断ろうとしたククリに、彼がもったいぶった様子で言う。

「お前確か、去年の『白い花嫁』のこと調べてるんだろ？　実はオレ、去年花嫁を送り届ける時、こっそり大人たちについて行ったんだよね」

「え……」

「引き渡しの時、茂みから様子を窺ってたら、面白いもの見ちゃってさあ」

悪戯《いたずら》っぽく笑う彼に、ククリは勢い込んで尋ねた。

「そ……っ、その話、詳しく聞かせて！　お願い！」

「えー、どうしよっかなあ」

からかうように笑った彼が、楽しそうに瞳を輝かせてククリに言う。

「オレ、人間がどれくらい動けるのか、見てみたいんだよね。なにも飛び移れって言わないからさ、あの岩、上まで登ってみせてよ」

「……っ」

「上まで登れたら、話してやるから。な！」

おそらく意地悪ではなく、純粋な好奇心でそう言っているのだろう。声を弾ませた彼は、邪気のないキラキラした目をしていた。

ククリは躊躇いつつも、今まさにアロが登っている岩場を見上げる。

（これを、上まで……？）

獣人の仔たちはなんなく登っているが、高すぎてとても上まで登りきる自信はない。

――けれど。

「……分かった。上まで登ったら、教えてね」

ここでできないと白旗を上げたら、話を聞くことができない。

（やれるだけやってみよう。……木登りも、あんまりやったことないけど）

覚悟を決めて、ククリは岩場に歩み寄った。上の方の様子は分からないが、下の方の岩はつるりとしていて、いかにも滑りやすそうだ。

（手袋してたら、危ないかも……）

念のため右手の手袋を外し、懐にしまって、突き出た岩に手をかける。

獣人たちのようにするするとはいかないものの、下の方の岩は案外凸凹《でこぼこ》していて足場もあり、上へと進むことができた。

「頑張れ、人間！」

「やるじゃん！」

下の方に集まった獣人の仔たちが、応援してくれる。その声で気づいたのだろう、頂上から、アロのぎょっとした声が降ってきた。

「えっ、ククリ!?　ちょ……っ、なにしてんの!?」

「の、登ってる……」

「なんで⁉」

悲鳴のような声で聞かれるが、ククリだって何故こうなったのかよく分からない。なによりももう答えを返す余裕がなくて、ククリは必死に目の前の岩に手をかけ、上を目指した。

「お、降りなよ！　危ないって！　ねえ！」

どうしていいか分からないのだろう。

頭上から、アロがおろおろとうろたえる声が聞こえてくる。

だが、ここまで登ってしまうともう、降りることもできない。

（……っ、怖……！）

チラッと下を確認するが、すでに結構な高さまで登っており、周囲の木々のてっぺんがすぐそこまで迫っていた。

（このまま登るしかない……！）

どうやら上の方は下よりも岩が小さいようで、摑むのも、足をかけるのもひと苦労だ。

慎重に、と自身に言い聞かせつつ、右手を次の岩に伸ばしたククリだったが、その時、小さな窪みにかけていた足がつるりと、――滑《すべ》る。

「あ……！」

「ククリ！」

アロの声と共に、仰向けになったククリの視界に、こちらに手を伸ばすアロの姿が映る。

もう少しだったんだ、と悔しく思うと同時に、ククリはぎゅっと目を瞑って身を強ばらせた。

（落ちる……！）

――しかし。

「……っ、……？」

ドッと強い衝撃が背中に伝わり、思わず息を詰めたククリだったが、覚悟していた痛みはまるで訪れなかった。

それどころか、背中を包み込まれる感覚、鼻先にふわりと漂う深い森のような香りに、どうしてかものすごく覚えがあって――。

「っ、ナバルさん！」

まさか、と目を開けたククリは、すぐそこにあった白銀の狼の顔に驚く。

中腰でククリを抱きとめていたナバルが地面に膝をつき、ハア、と息をついて呆れたように呻いた。

「……なにをしているんだ、君は……」

「ええと……、度胸試し、を……」

ナバル越しに、高くそびえ立つ岩壁が見えて、あそこから落ちたのかと、今更ながらにドキドキと鼓動が速くなる。

「ククリ！　すみません、ナバル様！」

慌てて降りてくるアロをじろりと睨んで、ナバルは身を寄せ合い、尻尾を足の間にしまい込んで震えている仔狼たちに説明を求めた。

「それで、一体どういうことだ？」

「オ……、オレが、いけないんです。その人間……、その人に、上まで登ったら『白い花嫁』のことを教えるって言ったから……」

「……なに？」

聞き返したナバルの元に、アロが駆け寄ってくる。謝ろうと口を開くアロを手で制して、ナバルが続きを促した。

「なにか知っているのか？」

「……っ、はい。オレ、実は去年、花嫁の引き渡しの場までこっそりついて行って……。そこで、見たんです。建物から出てきたシド様が、なにか包みみたいなものを懐に入れるのを」

「っ、な……」

大きく目を瞠ったナバルが、言葉を失う。

ククリはそっと、彼に質問した。

「その包みって、どんな形だった？」

「……よく、覚えてません。でもそんなに大きくなかったと思います。護衛の大人たちと合流する前に、こそこそ隠してて、なんか怪しかったから覚えてて……」

「……そう、か」

唸ったナバルが、集まった仔狼たちを見渡して言う。

「今の話は、誰にも言わないように。いいな？」

「は……、はい！」

頷き合った仔狼たちが、失礼します、と一礼して去っていく。

しょげ返った様子のアロが、おずおずとナバルに声をかけてきた。

「あの……、ナバル様」

「お前は先に屋敷に戻れ。……説教は後だ」

「……はい。ククリ、ごめんな」

しゅん、と肩を落として謝ったアロに、ククリは慌てて頭を振る。

「気にしないで。アロくんはなにも悪くないんだから」

登ると決めたのは自分だし、アロは一生懸命助けようとしてくれていた。

（ナバルさんにちゃんと伝えておかないと……！）

とぼとぼと去っていくアロを見送って、ククリはとりあえず立ち上がろうと、ナバルの肩に手を置いた。――次の、瞬間。

『叔父上が……？』

「……っ」

深い、深い悲しみに満ちたナバルの声が、ククリの頭の中に響き渡る。

（そうだ、手袋……）

外していたことを思い出したククリは、慌てて手をどけようとして――、思いとどまった。

地面に膝をついたナバルは、じっと俯いたまま微動だにせず一点を見つめていたのだ。

溢れ出しそうになる感情を、――悲しみを、必死に堪えるように。

『そんな……、そんなこと、あるわけがない。まさか叔父上が一族を裏切っていたなんて、そんなこと……！』

「……ナバル、さん」

流れ込んでくる悲痛な叫びに、ツンと鼻の奥が痛くなる。

ククリはぎゅっとナバルを抱きしめると、必死に言葉を紡いだ。

「泣かないで……、泣かないで、ナバルさん」

「……ククリ」

「あ……、あなたが悲しいと、僕も悲しいから……、だから、泣かないで……」

シドのことをうやむやにするわけにはいかない。

先ほどの話が本当なら、彼は草原の一族からなにか受け取っていたということになる。花嫁の失踪に関わる、重大な秘密を隠している可能性が高い。花嫁たちの行方を突きとめる為にも、シドを追及しなければならない。

だが今は、ナバルの悲しみに寄り添ってあげたい。

信頼していた叔父が、尊敬していた元族長が一族を裏切っていたかもしれないなんて、到底信じたくないし認めたくないだろう。それなのに彼は、一言も自分の悲しみを言葉にはせず、叔父を擁護したい気持ちと一緒に心の中に押し込めているのだ。

族長という責任ある立場が、彼をそうさせているのだろう。

ナバルが他の誰にも見せられない悲しみを、心の痛みを、自分だけは受けとめてあげたい――。

「泣かないで、ナバルさん……」

どうにかナバルの悲しみをとめたくて、癒したくて、でもどうしたらいいか分からなくて。

せめてその悲しみを分けてほしい、自分にも半分持たせてほしいと、大きな体を精一杯抱きしめて、ぼろぼろと涙を流すククリに、ナバルが小さく苦笑する。

「泣いているのは、君の方じゃないか」

「……っ」

ひっく、としゃくり上げたククリに微笑んで、ナバルが顔を寄せてくる。

なめらかで大きな舌で、涙に濡れた頬をそっと優しく舐《な》め上げられて、ククリはまたぼろっと涙を零した。

「だって……っ、だってナバルさんが、悲しんでるから……っ、だから……！」

「……君は本当に、優しいな」

やわらかく微笑んだナバルが、グルル、と穏やかに喉を鳴らす。

——と、同時に。

『可愛い……。本当に、どうして彼はこんなに可愛いんだ？』

「……っ」

『可哀想だと思うのに、俺の為に泣いてくれて嬉しいとも思ってしまう。これは、俺の問題か？　やはり俺は、彼に惹《ひ》かれているのか……？』

「な……！」

戸惑うような低い声が右手から流れ込んできて、ククリはバッとナバルから身を離した。あまりの驚きに、涙が一気に引っ込む。

「ナバルさん……？　あの、い……、今のは……」

「………」

大きく目を見開き、茫然とするククリに、ナバルが苦笑を零した。

「……すまない。俺は一つ、嘘をついてしまったな」

「え……」

「君に知られて困ることが、一つだけできてしまった。……今の俺の、この気持ちだ」

陽光を受けて煌めく金色の瞳が、まっすぐククリを捕らえる。

言葉を失い、ただ立ち尽くすククリをじっと見つめて、ナバルがそっと声をかけてきた。

「……手袋を、してくれるか？」

「あ……、は、はい」

ハッと我に返ったククリは、言われるがまま、わたわたと懐から手袋を出して右手につけた。

お礼を言ったナバルが立ち上がり、先日のようにククリを片腕に抱き上げる。

「ありがとう」

「……っ、あの……」

さっき流れ込んできたのは、本当に彼の本心なのか。

素手で触れたのだから確かに本心に決まっているけれど、それでも信じられなくて、確かめずにはいられなくて、それなのにどうしてか、聞くことができなくて。

あまりのことに動揺し、どうすればいいか、なんと言えばいいか言葉が浮かばず、降ろして下さいと拒むのも忘れて、ただただ困惑するククリをやわらかく見つめて、ナバルが告げる。

「聞かなかったことにしてほしいとは、思っていない。知られたくないともな。だが、今は手袋をしていてほしい。……君を、困らせたくない」

「は……、はい」

なに一つ呑み込めないまま、とりあえずこくりと頷いたククリに、ナバルが小さく苦笑する。

「気持ちを整理したら、きちんと話す。……もうすぐ満月だしな」

「満月……？」

満月が一体、どうしたのだろう。

なにか関係があるのだろうかと聞き返したククリだったが、ナバルはああ、と頷いたきりで、それ以上は答えず前を向いてしまう。

ゆっくりと歩き出したナバルの腕の中、ククリは茫然と彼を見上げ続けていた。

(……綺麗だ)

木漏れ日に煌めく白銀の狼は夢のように美しくて、これが夢ではないのが嘘みたいだなと、ぼんやり現実逃避しながら。


ハンモックに腰掛けたまま、もぞもぞと寝間着を脱いで、ククリはぶるりと身を震わせた。

(……もうすっかり冬だな)

キンと冷え切った朝の空気には、朝食のいい香りが混じり始めている。

今日辺り雪が降りそうだと思いつつ、ククリは身支度を調えた。

ククリがアロの友人たちと会ったあの日から、数日が過ぎた。

あの後、ククリはナバルから、シドの件はいったん自分に預けてもらえないかと頼まれた。

シドが草原の一族からなにを受け取ったのか、一体どうしてそれを隠しているのか、きちんと問いつめたい。だが、人間を嫌っているシドは、ククリがいては口を割らないかもしれない。まずは自分がシドに事実を確認したいと言うナバルの言葉を了承したククリだったが、どうやらシドは知らぬ存ぜぬを貫き通しているらしい。

アロの話では、ナバルは連日シドの元を訪ね、粘り強く話を聞き続けているということだった。

(正直もどかしいけど……、でも、もう少しナバルさんを待ってみよう)

ナバルは族長として、獣人族のことは自分がけじめをつけたいという思いがあるのだろう。それはククリにも分かるし、そうすべきだと思う。

だが、今こうしている間にも、花嫁たちはつらい目に遭っているかもしれない。それを思うと、あまり長くは待てない──。

(……本当は、ナバルさんの思うようにしてほしいけど)

族長という立場なのだから、シドを拘束してどうあっても話せと命じたり、ククリの力で真実を無理矢理引き出すこともできるだろうに、ナバルは決してそうしない。

ルイテラ辺りが知ったら、甘い、まだるっこしいとまたため息をつきそうだが、自分はそういうナバルが──、とそこまで考えかけて、ククリは慌てて思考を中断した。

(……っ、なに考えてるんだ、僕……! 別にナバルさんのことは、そういう……っ、そういうんじゃなくて……!)

心の中で言い訳して、うう、と唇を引き結ぶ。

本当に、なにをやっているのだろう。

これではまるで、自分の方がナバルに告白したみたいだ——。

ここのところ、ナバルは毎晩遅くまでシドのところに行っており、不在がちだ。

こんなことを思うのは少し心苦しくはあったけれど、あまりナバルと顔を合わせないで済んでいる現状に、ククリは正直少しほっとしている。

（だって、どんな顔して会えばいいか、まだよく分からないよ。まさかナバルさんがあんなこと思ってるなんて、全然知らなかったから……）

実を言えば数日経った今も、あの日のナバルの言葉を受けとめ切れてはいない。

『可哀想だと思うのに、俺の為に泣いてくれて嬉しいとも思ってしまう。これは、俺の問題か？　やはり俺は、彼に惹かれているのか……？』——。

「……っ」

あの時頭に直接響いた、低く穏やかな、少し困惑したような声を鮮明に思い出してしまって、ククリはカアアッと頬に朱を上らせた。

（あれってどういう……、どういうこと？　ナバルさんは僕のことを……？）

そう考えかけて、すぐにいやいやと頭を振って否定する。

ナバルのような立派な人が自分に好意を寄せているなんて、そんなことあるわけがない。

あんなにも忍耐強く理性的で優しくて、獣人族の族長として非の打ち所がない人なのだ。第一自分とは種族も違うし、男同士だ。

彼にふさわしい相手は、他にいくらでもいる。

(ルイテラさんはそういう対象じゃないみたいだったけど、他にもナバルさんにお似合いな、可愛くて素敵な獣人の女性なんて、いくらでも……)

『可愛い……』

可愛い、という単語が浮かんだ途端、低い囁きが脳裏に甦《よみがえ》る。

『本当に、どうして彼はこんなに可愛いんだ？』

「……っ、……っ！」

自分でも自分の気持ちに戸惑っているような、あの時のナバルの声を思い出した途端、ククリは湯気が出そうなほど真っ赤に茹で上がってしまった。

(か……、可愛いって！　ナバルさんが僕のこと、可愛いって！)

とてもじっとなんてしていられなくて、ハンモックをぐらぐら揺らして身悶《みもだ》える。

直接伝えられたわけではないからこそ、一層恥ずかしいし混乱してしまう。

口から出る言葉は必ずしもその言葉通りの意味とは限らないけれど、ククリが力で読み取った心の声は、嘘も含みもない、ありのままのものだと知っているから、余計だ。

いつもだったら相手の本心を勝手に知ってしまった申し訳なさがあるのに、今回ばかりは正直それどころではない。

ナバルに可愛いと思われているのかと思うと、心臓が勝手にドキドキと早鐘を打つ。普通だったら、そんなこと言われてもと困ってしまいそうなのに、相手がナバルだと思うと、胸の奥がそわそわとむず痒くてたまらなくなる。

恥ずかしいけれど嬉しくて、嬉しいのが恥ずかしくて、でもやっぱり、嬉しくて。

（……僕を困らせたくないって、言ってた）

嘘をついてしまったなんて言っていたけれど、おそらくナバル自身は、以前と変わらず、自分の心を読まれてもいいと思っているのだろう。

彼が手袋を付けてほしいと言ったのは、そうしなければククリが困ってしまうと思ったからだ。

ククリを困らせないように、彼は本心を隠してくれた。

それくらい、ナバルは自分を大切に思ってくれているのだ——。

（本当に優しいな、ナバルさん……）

少しだけ気持ちが落ち着いて、ククリは先ほどの余韻でゆらゆら揺れるハンモックの上で、ふうと息をついた。

あの日伝えられた言葉は、まだ全部は呑み込めていないし、戸惑う気持ちの方が強い。

本当だろうかと疑ったり、彼には他にもっとふさわしい相手がいるはずだからと逃げてしまいそうにもなる。

——けれど。

(疑ったり逃げたり、したくない。……ナバルさんにだけはそういうこと、したくない)

自分に自信なんてないから難しいけれど、だからと言ってナバルの気持ちを否定したくない。

自分の弱さのせいでナバルを傷つけたり、がっかりさせるのは嫌だ。

嘘も誤魔化しも決してしない、まっすぐなナバルに対しては、自分も誠実でいたい――。

(……ちゃんと、受けとめないと)

ナバルもまだ、自分自身の気持ちの整理がついていないと言っていたし、好意があるからと言って、それが恋愛感情なのかどうかは分からない。

でも、次にナバルの心に触れた時、彼の気持ちがどういうものであれ、きちんと受け取りたい。

気持ちを整理したらきちんと話すと、ナバルもそう言っていたのだから。

(……そういえばナバルさん、もうすぐ満月だしって言ってたけど……、あれはどういう意味だったんだろう)

ナバルの言葉を思い返して、ククリはふと疑問を覚える。

数日後に満月を迎えるのは、赤い月だ。

オラーン・サランと呼ばれる赤い満月の夜、白い月は新月となり、夜空は赤い月光で満たされる。

ククリの一族では昔から、赤い満月の夜には出歩くなという言い伝えがあり、あまり馴染みのないものだった。

(それくらいまでには話すっていう、なんとなくの区切りだったのかな?)

それともなにか他に意味があるのだろうかと、ククリが考えを巡らせた、その時だった。

「失礼します。ククリさん、起きていらっしゃいますか？」

ドアの外から、遠慮がちに声がかけられる。

聞き覚えのあるその声は、ナバルに仕えている獣人の一人のものだった。

「あ、はい……！　すみません、今行きます」

慌てて身を起こしたククリは、すぐにハンモックから飛び降り、ドアを開ける。

すると、外で待っていた獣人が、焦った様子で問いかけてきた。

「朝早くからすみません。あの、こちらにアロはいませんか？」

「え？　いえ、今日はまだ来てませんけど……。隣にいないんですか？」

お目付け役であるアロは、普段ククリの隣室で休んでいる。そちらにはいないのかと問い返したククリに、獣人が表情を曇らせて頭を振る。

「さっき確認したのですが、部屋にはいなくて……。ああ、アロの奴、こんな時にどこへ行ったんだか……！」

彼が答える間にも、廊下の向こうから他の獣人が走ってくる。

「いたか!?」

「いや、部屋にはいなかった。ククリさんのところにもいないみたいだ」

「……なにかあったんですか？」

焦った様子の彼らにただならぬものを感じて、ククリは尋ねた。顔を見合わせた彼らが、言葉を濁《にご》しつつ言う。

「実は、アロの姉から知らせが来たんです」

「どうやらアロの弟の具合があまりよくないようで、すぐに帰ってきてくれと……」

「え……」

ククリが目を見開くのとほとんど同時に、廊下の向こうでカランと物音がする。

見ればそこには驚愕に目を見開いたアロとナバルが立っていた。

「それ……、それ、本当ですか？　弟って、リィンのこと!?」

どうやらアロは、ナバルに朝稽古をつけてもらっていたらしい。取り落とした棒術用の長い棒をそのままに、アロがこちらに駆け寄ってくる。

「リィンは無事なんですか？　あまりよくないって、それって……っ」

知らせに来た獣人たちに、アロが迫る。あまりの勢いにたじろぐ獣人たちを見かねて、ナバルがアロに声をかけた。

「落ち着け、アロ」

「ナバル様……」

「すぐに仕度して来い。終わったら客間へ」

「……っ、はい！」

手短に言ったナバルに、アロが慌てて頷き、自室に飛び込む。

獣人たちに向き直ったナバルが、一人に指示を出しつつ、もう一人に確認する。

「薬師《くすし》に連絡を。それから、俺も一緒に向かうから、仕度を整えてくれ。使いはアロの兄弟だな？　客間か？」

「は……、はい。夜明けと共に走ってきた様子で、疲れているようなので休ませています」

報告した彼に頷いて、ナバルが更に問いかける。

「分かった、その子には簡単な食事を用意してやってくれ。リィンの症状についてはなにか言っていたか？」

「それが……、もしかしたら冷熱病かもしれない、と」

「……っ、冷熱病って……」

獣人の口から飛び出した病名に、ククリは思わず目を見開いた。

冷熱病は、人間もかかることがある、重い病だ。

体温が急激に下がるが、本人はとても暑がるという奇病で、大人でも生死の境を彷徨うような死病である。体力のない子供などがかかると、まず助かる見込みはなく、発症から一晩で死に至ることも珍しくない。

（冷熱病の特効薬は、ベルの花を煎《せん》じたものだ。あれさえ飲めば持ち直す確率は高いけど……）

ベルの花の煎じ薬は、冷熱病に高い効力がある。

しかし、ベルの花は真夏にしか咲かず、そもそもこの辺りではほとんど見かけない。稀《まれ》に森の奥深くに咲いていることもあるが、幻の花と呼ばれるほど貴重なものだ。

その上、保管が非常に難しく、うまく乾燥させたとしても、ちょっとしたことですぐに変質してしまう。生の花が手に入らなければ、薬を作ることはほぼ絶望的だ。

ククリと同じことを考えたのだろう。ナバルが苦い顔つきで唸る。

「……分かった。それも薬師に伝えてくれ」

先に行け、と獣人たちを送り出したナバルが、低い声で唸る。

「まずいな……。ベルの花の薬は、つい先月使い果たしたはずだ」

「……っ、そんな……」

息を呑んだククリに、ナバルが強ばった表情で告げる。

「すまないが、数日屋敷を空けることになりそうだ。君はここにいてくれ」

「……はい」

自分も行きたいと言いたい気持ちを堪えて、ククリは頷いた。

先日アロの家を訪れた時、リィンは最後に起きてきて、ククリに挨拶してくれた。

アロより三つ年下だという彼は、アロにとても懐いている様子だった。年の割にしっかり者のようで、いつも兄がお世話になっていますときちんと挨拶してくれたが、アロが泊まっていくと聞いた時は目を輝かせて喜んでいた。

(あの子が、冷熱病に……)

線の細い子だった。

けれど、あの時は元気そうに笑っていた。

まだ幼いあの子が病に苦しんでいるなんて、想像しただけで胸が痛くなる。

けれど、種族の違う、客人扱いの自分が押し掛けたりしたら、それこそ迷惑になるだろう。

「なにか……、なにかあったら、すぐ連絡を下さい。僕にできることがあれば、すぐ……」

部外者の自分に頼むより、屋敷の獣人たちに頼んだ方が早いとは分かっていても、そう言わずにはいられない。

ぎゅっと唇を引き結んだククリに、ナバルが頷く。

「分かった。……ありがとう、ククリ」

行ってくる、と言い置いたナバルが、サッと身を翻す。

早足で廊下の向こうに遠ざかるナバルの背を、ククリは祈るような思いで見送った。

(なにか、僕にできることがあればいいのに……)

リィンの為に、なにか。

あの子を助ける為に、自分にできることはないだろうか——。

(冷熱病……、ベルの花……、……っ、そうだ……!)

考え込んでいたククリは、ハッと浮かんだ思いつきにナバルを呼びとめかけ、慌てて口を噤《つぐ》んだ。

そっとその場を離れ、部屋へ戻って上着だけ取り、誰もいないことを確認しつつ屋敷の裏口から森へと向かう。

（……こんなこと、ナバルさんに相談しても困らせるだけだ。万が一失敗した時を考えて、僕が勝手にやったことにしないと……）

自分の思いつきは、確証もない、不確かなものだ。それに『白い花嫁』である自分は、春になるまでこの里から出てはいけない。

だが、リィンを助ける為には、その禁を破る他ない――。

「……っ、急がないと……！」

誰にも見咎められず森に入ったククリは、獣道を急いだ。しかし、細い獣道はすぐに分岐し、どちらに進めばいいか分からなくなってしまう。

（……方向さえ合ってれば、辿り着けるはずだ）

素早く判断し、一番右の比較的太い道へと足を進めようとしたククリだったが、その時、スイッと視界を橙色の火の玉が横切る。

「っ、メラ……！」

「！」

真ん中の細い道へと進んだメラが、キリッと力強い目つきでこちらを振り返るのを見て、ククリは頷いた。

「……うん！　ありがとう、メラ！」

迷わず真ん中の道に足を踏み出したククリに、メラがきゅるんと目を輝かせる。

忙しなく火の粉を揺らめかせながら、ぴゅーっと細い道を先導してくれるメラを追いかけて、ククリは走り出した。

穏やかな朝日が差し込む森の中、その姿はすぐに木立に紛れて見えなくなった──。


薄暗い部屋には、薬草の香りが満ちていた。

その中央にある白い大きなハンモックには、小柄な獣人の少年が身を横たえている。苦悶の表情を浮かべた彼の呼吸は、ひどく荒く乱れていた。

「暑い……、暑いよ……。お父さん、お母さん……」

ハッ、ハッと苦しげに息を弾ませながら譫言《うわごと》を繰り返すリィンの体をさすって、両親が懸命に呼びかける。

「しっかりしろ、リィン……！」

「お父さんもお母さんも、そばにいるわよ……！」

しかしリィンは、うっすらと目を開けはするものの、両親の呼びかけに反応する様子はない。

「兄ちゃん……、アロ兄ちゃん……」

「ああ、オレもいるよ、リィン。ここに、お前のそばにいる……！」

両親の反対側で、アロがリィンの冷たい手をしっかりと握って答える。

虚ろな目をしたリィンが、ほろほろと涙を零しながら訴えた。

「苦しい……、苦しいよ……。助けて、兄ちゃん……」

「……っ、リィン……」

「アロ兄ちゃん、どこ……？」

呻いたアロの手を握り返すことなく、リィンが心細そうにアロを呼ぶ。

自身も目にいっぱいに涙を溜めたアロが、懸命に感情を抑え込んだ優しい声でリィンに応えた。

「……ここにいる。ここにいるよ、リィン」

「兄ちゃん……」

「ずっとそばにいるから……」

震えるアロの声に応えることなく、リィンが再び目を閉じる。

苦しげな呼吸を繰り返すリィンを、言葉もなくじっと見つめ続けるアロに、ルイテラが身を屈めてそっと声をかけた。

「……少し出てくる。すぐ戻るから、父さんたちと一緒にリィンについていてくれるかい」

「……うん」

ごしごしと拳で自分の目元を擦って、アロが何度も頷く。

部屋の入り口で、彼らの様子をじっと見守っていたナバルは、歩み寄ってきたルイテラと共に、静かに家の外に出た。

夕方から降り始めた雪は、うっすらと積もり始めていた。上弦の赤い月が、白銀の世界を妖しく照らしている。

氷のように冷たい夜風が、二人の被毛を揺らした。

「……容態は？」

音を立てずに扉を閉め、そっと聞いたナバルに、ルイテラが力なく首を振る。

「悪くなる一方だ。もうほとんど感覚がないみたいなのに、ずっと暑いって苦しがってる。……代われるものなら、今すぐ代わってやりたいよ」

きつく目を眇めたルイテラが、強く拳を握りしめる。

白い息を吐く彼女に、ナバルは頷いて言った。

「一族の誰もが、そう思っている。俺も、代われるものなら代わってやりたい」

ナバルもルイテラもアロも、子供の頃に冷熱病にかかって完治している。冷熱病は、一度完治すれば二度は発症しない。

リィンの弟妹たちはまだかかったことがない為、近くの家に預けられており、普段は賑やかなアロの家は、今日ばかりは重苦しい静寂に包まれていた。

しんしんと降り続く雪を睨みつつ、ナバルはルイテラに告げる。

「里中の保管庫を探したが、ベルの花はまだ見つかっていない。だが、各家にもう一度探すよう頼んでいる。近くの知り合いや親戚を当たってくれている者も多い。きっと、見つかるはずだ」

「……ああ、ありがとう」

様々な感情を呑み込んだ声で、ルイテラが呟く。

「……間に合うと、いいんだけど」

薬師には、今夜が峠だと告げられている。

祈るように赤い月を見上げるルイテラに、ナバルは頷いた。

「間に合わせる。……必ず」

リィンが頑張っているのだ。

決して諦めたりしない。

長として、一族の者の命を守る為に全力を尽くす――。

「俺はこれから、近くのサーベルタイガー一族を訪ねてみる。あの一族には優れた薬師がいると評判だから、事情を話せばきっと力を貸してくれるはずだ」

サーベルタイガー一族とはあまり交流はないが、今はそんなことを言っている場合ではない。

リィンの為に、あらゆる可能性を探らなければならない。

決然と告げたナバルに、ルイテラが頷く。

「ああ、頼んだよ、ナバル。……っ、あれは……」

ナバルの方に向き直ったルイテラが、息を呑んで呟く。

どうかしたのか、と後ろを振り返ったナバルは、森の中から現れた人影に瞠目《どうもく》した。

「……叔父上」

「……っ、里の近くの森にはなかった」

息を荒らげたシドが、苦々しげに唸る。

「俺はこの先の森を探してくる。大精霊様の森なら、あるいはまだベルの花が残っているかもしれん」

どうやらシドは、雪の降る中、森中を探し回っていたらしい。濃い灰色の被毛はすっかり雪が積もっており、足元は泥だらけだ。

一秒も惜しいとばかりに、すぐに奥の森へと向かおうとするシドを、ルイテラが慌てて引き留めようとする。

「そんな……。無茶です、シド様。雪も強くなってきましたし、第一ベルの花はもう、枯れ果てているに決まって……」

「可能性がないわけではあるまい」

低い声は、落ち着き払った、堂々としたものだった。

「仔は、一族皆の仔だ。たとえ族長の座を退いても、俺は一族の仔を守る」

「叔父上……」

「ナバル、お前はここでなにをしている。さっさと心当たりを探せ」

シドに叱咤《しった》されて、ナバルは背筋を伸ばして頷いた。

「はい、叔父上……！」

（……やはり叔父上は、俺の知っている叔父上だ）

去年の『白い花嫁』の引き渡しの時の疑わしい行動について、いくら聞いてもなにも弁解してくれないから、まさかと思いかけていたが、それは思い違いだった。

シドは今も、一族のことを一番に考え、仲間一人一人を大切に思っている。

弱いからといって切り捨てたり、可能性が絶望的だからといって諦めることなど、絶対にない。

そんな叔父が、一族を裏切るわけがない――。

「森の捜索は、叔父上にお任せします」

まっすぐシドを見据えて、ナバルは告げた。

今は、ベルの花を手に入れることが最優先だ。『白い花嫁』については、また後日改めて聞かなければならない。

「俺はサーベルタイガー一族の元に……」

歩き出しつつ、ナバルがそう言いかけた、その時だった。

「ナバルさん……！」

突如、里へと続く道の向こうから、誰かが駆けてくる。

一族の者たちよりもずっと小柄なその人影は、今朝屋敷で別れたククリその人で――。

「……っ、ククリ⁉」

驚いたナバルの元まで一直線に駆けてきたククリが、切れ切れに叫ぶ。

「薬……っ、ベルの花の薬です！」

「な……！」

驚愕に目を見開いた一同をよそに、ククリが肩で荒く息をしつつ、懐から小瓶を取り出す。しっかりと栓がされたその中には、薄茶色の液体が入っていた。

「……っ、僕の妹が、薬屋に嫁いでいて……っ、町まで行って、分けてもらってきました……！」

よく見ればククリは泥だらけで、ところどころ服が裂け、血まで滲んでいる。

里から町までは相当な距離がある上、森の中の獣道を抜けなければならない。おまけにこの雪だ。

獣人でも危険な夜の森を、彼は灯りも持たず、たった一人で走ってきたのだ。

雪の降る悪路に何度も転びながら、それでもただひたすら、リィンの為に。

「どうか……、……っ、どうか、これをリィンくんに……」

「ククリ……」

自分の格好などお構いなしに、必死に小瓶を差し出してくるククリに、ナバルはジンと胸の奥が熱くなった。

「ああ、ありがとう。すぐにリィンに……」

しかし、ナバルがククリから小瓶を受け取ろうとしたその時、横から手が伸びてくる。

「人間の持ってきた薬など、信用できるか……！」

「……っ、あ……！」

ククリから小瓶を奪ったのは、シドだった。驚くククリをよそに、小瓶を大きく振りかざす。

「こんなもの……！」

小瓶を地面に叩きつけようとするシドに、ククリが大きく目を瞠って叫んだ。

「……っ、駄目です！　返して！　返して下さい！」

「ククリ！」

シドに取りすがったククリに慌てたナバルだったが、シドは嫌悪に表情を歪めると、ククリを振り解く。

「放せ！」

「あ……！」

体格の差がありすぎて簡単に吹き飛びかけたククリを、すんでのところでしっかりと抱きとめて、ナバルは声をかけた。

「……大丈夫か？」

「ナバルさん……、ありがとうございます」

お礼を言ったククリに頷き、ナバルはハラハラと状況を見守っていたルイテラに目配せする。すぐに察した幼なじみにククリを預けて、ナバルはシドと対峙した。

「……落ち着いて下さい、叔父上」

小瓶はまだ、シドの手の中にある。

叔父が早まったことをしないよう、睨みをきかせつつも慎重に、ナバルは言葉を続けた。

「その薬がないと、リィンは助かりません。どうかそれを、俺に渡して下さい」

「これがベルの花を煎じたものだと、何故言い切れる。わざわざ煎じた状態で持ってくるなど、毒かもしれないではないか……！」

「毒じゃありません！」

ルイテラに肩を押さえられつつ、ククリが叫ぶ。

「信じて下さい！　僕はただ、リィンくんを助けたいだけです……！　煎じてあるのも、すぐにリィンくんに飲ませてあげられるように、妹の夫にお願いして調剤してもらったからで……！」

言い募るククリだったが、シドはククリの言葉を信じる気は一切ないらしい。

「下手な言い訳をしおって……！」

肩を怒らせ、ますます不愉快そうに唸ったシドに、ククリが懸命に言い募る。

「言い訳じゃありません！　……っ、お願いですから、その薬をリィンくんに飲ませてあげて下さい！　その薬を飲んでも回復しなかったら、僕はどうなっても……っ」

「ククリ！」

とんでもないことを言おうとするククリを遮って、ナバルは彼をじっと見つめて言った。

「……俺に任せてくれ」

いくら特効薬とはいえ、薬を飲めば必ずリィンが助かるという保証はない。

もし薬が効かなかったら、シドは本当にククリを手にかけかねない。

(そんなことは絶対にさせないし、許さない。たとえ相手が叔父上であっても)

叔父のことは尊敬しているし、信じてもいるが、族長は自分だ。

一族の大事を決めるのは、自分の役目だ――。

「ナバルさん……、……はい」

ナバルの強い視線から、決意を汲み取ってくれたのだろう。ククリが頷き、唇を引き結ぶ。

ここまで強くリィンのことを思ってくれている彼に心の中で感謝しつつ、ナバルはシドに向き直った。

固く強ばった表情の叔父に、静かに告げる。

「……叔父上。俺も今まで、心から人間を信じることはできないだろうと思っていました。一族の為、人間と和解することは必要だけれど、信用など到底できない、と」

「…………」

「ですが今は、人間だからと一括りにするのは間違いだったと、そう思っています。俺たちと同じように、人間にも様々な者がいる。……様々な考え方がある」

考えてみれば当たり前のことなのに、気づけば種族という枠に囚われてしまっていた。

人間はすべからく皆、悪だなんて、そんなことあるわけがないのに。

「俺にそう思わせてくれたのは、他ならぬこのククリです」

黙り込んでいるシドを見据えて、ナバルは続けた。

「ククリは信用に足る人間です。彼が俺たちに危害を加えることはありません」

「…………」

「俺は、彼を信じています。その薬を、渡して下さい」

（……叔父上なら、きっと理解《わか》ってくれる）

長年の恨みから、人間に対しては頑なな叔父だが、それは一族の為を思ってのことだ。決して悪意や他意はない。

だから必ず、自分の言葉は届く。

自分はシドのことも、信じている——。

じっとシドを見据え続けるナバルに、シドはしばらく無言だった。

やがて、その口から低い声が漏れる。

「……ますます似てきたな、ナバル」

「……？」

「お前の父に、だ」

ふ、と陰《かげ》のある笑みを零して、シドが言う。

降りしきる雪空を見上げたシドは、懐かしそうに目を細めて続けた。

「兄上は、どんな時も頭ごなしに誰かに命令したりしなかった。たとえ相手が明らかに間違っている時でも、族長として命じてしまった方が早い時でも、必ず対話で解決していた。人間とは交渉が決裂し、争いになったが、一族の者と争うことは一度もなかった……」

「……はい」

在りし日の父を思い浮かべて、ナバルは頷いた。

父が亡くなった時、自分はまだ若すぎた為、叔父に族長となってもらったが、いずれは父のような長になりたいと、ずっと目標にしてきた。

叔父と父、二人共、自分にとっては尊敬する偉大な族長だ——。

「俺はずっとそんな兄がもどかしくて、だがそれ以上にうらやましくて、……自慢だった。兄の、相手を信じる心の強さに憧れていた」

「叔父上……」

「……族長であるお前の判断に、背くわけにはいかない」

一歩踏み出したシドが、小瓶を差し出す。

薄茶色の液体で満たされた小瓶を受け取って、ナバルはシドにお礼を言った。

「ありがとうございます、叔父上」

「ナバル、早く！」

ほっとした表情で、ルイテラが促す。

ナバルは頷くと、ククリとシドに声をかけた。

「ククリ、君も来てくれ。もちろん、叔父上も」

「……ああ」

ちら、とククリを見やったシドが、ルイテラに続いて家の中に入る。

小走りに駆け寄ってきたククリに、ナバルは改めて告げた。

「ありがとう、ククリ。……本当に」

「いいえ。僕の方こそ、信じて下さって嬉しいです。早く、リィンくんに薬を」

促すククリに大きく頷いて、ナバルは急ぎ足でリィンの元へと向かった。

残された大きさの違う足跡に、静かに雪が降り続けていた——。


ルイテラがハンモックごと支え起こしたリィンの口元に、アロが小瓶を近づける。

「リィン、薬だ。ククリが薬を持ってきてくれたよ……！」

声を弾ませたアロに、うっすらとリィンが目を開ける。

「くすり……？」

「ああ、そうだ。これを飲めば、きっとよくなる。さあ……！」

零さないよう手を添えながら、アロがリィンに慎重に薬を飲ませる。苦しそうに眉根を寄せながらも、リィンはこく、と喉を鳴らして小瓶の中身を飲み干した。

「う……」

「えらいぞ、リィン。少し休もうな」

優しく声をかけたアロが、ルイテラと一緒にリィンのハンモックをゆっくり元の位置に戻す。

ふうと息をついたリィンを見守っていたククリは、ナバルにそっと声をかけられた。

「……ククリ、向こうの部屋に行こう。君も手当てが必要だ」

「あ……」

言われて初めて、ジンジンと体のあちこちが痛むことに気づいて、ククリは頷いた。

「はい、……すみません」

擦り傷だけならまだしも、今の自分はあちこち泥だらけだ。家に上がる時に室内履きに履き替えたから部屋を汚してはいないけれど、こんな状態で病人の部屋に入るべきじゃない。

そっと部屋を出たククリとナバルに気づいて、ルイテラが歩み寄ってくる。

「ナバル、手当てならあたしが……」

「いや、お前はリィンについていてやってくれ。湯と救急箱……、それと着替えも借りるぞ」

「ああ。ありがとう、ナバル、ククリも」

お礼を言うルイテラに頭を振って、ククリは小声で告げた。

「あの薬を飲むと、下がってしまった体温が上がります。しばらくは暑がって苦しむと思うけど、必ずよくなりますから、どうかそばにいてあげて下さい」

義弟から聞いたことを思い出しつつ言ったククリに、ルイテラが頷く。

「ああ、分かったよ。なにからなにまで、本当にありがとう」

「隣の部屋にいる。なにかあったらすぐに呼んでくれ」

ルイテラに声をかけたナバルが、隣の部屋に入る。

どうやらそこは、居間のようだった。

誰もいない部屋の中、暖炉の火がパチパチと静かに燃えている。

あたたかい暖炉の前に椅子を引っ張ってきたナバルが、ククリにかけるよう促した。

「少し待っていてくれ」

一度部屋を出たナバルが、大きなたらいと着替えの服を手に戻ってくる。床にたらいを置いたナバルは、暖炉にかかっていたポットから熱湯をたらいに注ぎ入れ、水差しの水で温度を調節して言った。

「ん、これくらいか……。ククリ、怪我を確認するから、脱いでくれるか」

「あ……、はい」

ナバルの前で服を脱ぐのは少し恥ずかしかったが、全身あちこち打ち身や切り傷だらけなので、診てもらう他ない。肌着姿で椅子に座り直したククリは、ナバルが足元に寄せてくれたたらいのお湯に爪先をそっと差し入れた。

「う……」

ずっと雪の中を歩き続けていたせいで、冷え切ってしまっていたのだろう。あたたかいお湯につけた途端、爪先がジーンと痺れる。

お湯に両手を入れたナバルが、ククリの足を片方ずつそっと包み込み、優しく揉んでくれる。

「こんなに冷え切って……、氷みたいじゃないか。森の中で迷ったのか？」

「少しだけ……。でもすぐにメラが来てくれて、道案内してくれて……、あの、ナバルさん、そんなことといいですから……」

手当てだけならまだしも、族長の彼に按摩《あんま》めいたことをさせるなんて、申し訳ない。

遠慮して足を引っ込めようとしたククリをまっすぐ見据えて、ナバルが言った。

「いいから、このまま続けさせてくれ。一族の者を助けてくれた礼を、させてほしい」

「そんな……」

自分はただ、薬を取りに行っただけだ。薬を持っていたのは義弟だし、お礼をしてもらうほどのことはしていない。

そう言おうとしたククリより早く、部屋の入り口で低い声が上がる。

「……まだ、助かったと決まったわけではない」

見ればそこには、シドがいた。

隣の部屋から移動してきたのだろう。不満そうな顔つきで扉を閉め、歩み寄ってくる叔父をちらりと見て、ナバルが静かに言う。

「助かります、必ず。叔父上もそう願っているのでしょう？」

「……ふん」

ナバルの問いかけには答えず、シドが少し離れたソファに腰かける。

こちらをじっと見据えるシドの視線に、落ち着かない気持ちになったククリだったが、ナバルはまるで気にする様子はなく、ククリの腕や背中の傷を確認しつつ問いかけてきた。

「それにしても、よくベルの花の薬があったな。あの花は保管するのも難しいはずだが……」

「……実はあの町には、子供を専門に診る医者がいるんです。冷熱病で重症になるのは子供がほとんどだから、あの町の薬屋なら、ベルの花を保管している可能性が高いと思って……」

絞った布で傷口を清めてもらいながら、ククリはぽつぽつと話す。

「妹の嫁ぎ先は、町で一番大きな薬屋なんです。それで、もしかしたらと思いついて……。あの、勝手に飛び出して、すみませんでした」

本来、『白い花嫁』である自分は、春になるまでこの里を出てはいけない身だ。いくら緊急事態だったとはいえ、ナバルになんの断りも入れずに町へ行ったのは、契約を逸脱する行動だ。

今更ながらに謝ったククリの腕に傷薬を塗りながら、ナバルが頭を振る。

「謝らないでくれ。おかげで薬が手に入ったんだからな。妹は、元気だったか？」

「はい。……すごくびっくりしてました」

突然訪ねていった時のことを思い出して、ククリは小さく笑みを零した。

なにせ、今生の別れかもしれないと、お互い覚悟していたのだ。

再会した途端、ツィセは号泣していたし、ククリも涙ぐまずにはいられなかった。

獣人族の元で、客人として厚遇してもらっていると伝えた時のツィセの驚愕した顔は、きっとこの先一生忘れられない――。

「何故、妹の元に残らなかった」

ソファに腰かけたシドが、まっすぐこちらを見据えて聞いてくる。

「どさくさに紛れて逃げおおせたのだから、そのまま妹の元に残ることもできただろう。妹も、お前を引き留めたはずだ。俺だったら、縛り付けてでも家族を危険な地へは戻さない」

「……確かに、妹には引き留められました。わざわざ戻ることはない、最初から逃げるつもりだったんだから、このまま自分と一緒に町で暮らそうって。でも、そんなことできるわけない」

少し緊張しながらも、ククリはシドを見つめ返して続けた。

「僕が薬を持って戻らなければ、リィンくんは助からない。それに、ツィセが僕を心配してくれるように、リィンくんにも彼を心配している家族がいる。そう言ったら、ちゃんと分かってくれました」

ツィセは、気持ちの優しい子だ。たとえ種族が異なっていても、幼い命の灯火《ともしび》が消えかかっていると聞いて、平気でいられるような性格はしていない。

自分と同じように、その子にも心配している家族がいると聞けば、なおさらだ――。

上半身の手当てが終わったところで、ナバルがガウンを肩にかけてくれる。

ありがとうございます、とお礼を言って、ククリはシドに告げた。

「僕はここに来て皆さんのことを知って、自分が今までたくさん誤解していたと気づきました。相手にも大切なものがある、自分と同じように傷ついたり、喜んだり、怒ったりするって知ったら、僕たちはきっと無駄な争いを避けられる。そう思います」

「ああ、そうだな。俺も、そう思う」

ククリの膝に傷薬を塗り終えたナバルが、包帯を巻きつつ頷く。

「結局、相手への理解が足りないから、諍《いさか》いが起きるんだ。話し合って相手のことを知れば、自然と信頼は生まれる。……俺たちのように」

「……はい！」

金色の目を細めて微笑むナバルに、ククリは嬉しくなって頷いた。

雪に濡れて冷たくなった右手の手袋を、とんとんと指先でつついて促され、手袋を外して彼に手を預ける。あたたかいナバルの両手に手を包み込まれ、温もりを分け与えられて、ククリは流れ込んでくる彼の思考を怯えることなく受け入れた。

『ありがとう、ククリ。俺を、俺たちを信じてくれて』

（……僕の方こそ、ありがとうございます）

今まで、こんなに穏やかな気持ちで誰かの心に触れたことなんてなかった。

この手で誰かに触れるのが怖かったのは、相手が自分のことを信じてくれるか不安だったからだと、ずっと思っていた。

だがそれは、自分が相手のことを信じきれていなかったからなのだ。

（……あったかい）

しっとりと濡れた大きな手は、自分の手をあますことなく包み込み、あたためてくれている。

こんなふうに誰かの温もりを感じられる日が来るなんて、思ってもみなかった――。

「……っ、ナバル、お前……」

驚いたように目を見開いたシドが、ソファから腰を浮かせる。

「お前、まさか……」

信じられないものを見るような目でこちらを見つめるシドに、ククリが内心首を傾げかけた、その時だった。

「……っ、リィンが持ち直したよ……！」

突如、部屋の扉が開き、ルイテラが駆け込んでくる。開口一番叫んだルイテラに、ククリは慌てて立ち上がろうとした。

「リィンくんが……っ、うわっ」

「っ、こら、ククリ、危ないだろう」

バランスを崩して転びかけたククリを、ナバルがサッと支えてくれる。すみません、と謝るククリをよそに、シドが急ぎ足でルイテラへと歩み寄った。

「本当か、ルイテラ！」

「はい、さっき意識を取り戻して、今は寝ています。熱も、少しずつ平熱に戻ってきています」

「……っ、そうか……。……そうか」

押し殺した低い声は、どうにか平静を保っていたけれど、どうやら本能には抗いきれなかったらしい。

ブンブンと隠しきれない喜びに打ち震えている濃い灰色の尻尾に、ククリは思わずナバルと顔を見合わせ、二人でこっそり噴き出してしまった。

『……よかった』

（本当に、よかった……！）

繋いだ手から、同じ思いが伝わってくる。

それがなにより嬉しくて、ククリはぎゅっと、ナバルの大きな手を握り返したのだった。

その日、昼食の後に運び込まれてきたのは、大きなイノシシだった。

「こちら、里の若者一同からです。どうされますか？」

「どう……、どうって？」

ナバルの屋敷に仕える獣人に聞かれて、ククリは目を白黒させてしまう。

どう、とは。

そもそもこんな大きなイノシシ、どうするのが正解なのか分からないのだが、一体どうしたらいいのか。

当惑するククリを見かねて、ナバルが苦笑混じりに言う。

「血抜きはされているようだから、鍋にでもしてくれ。残りは塩漬けで保存食に」

「かしこまりました」

太い棒に吊られたイノシシを、獣人たちがひょいと担ぎ上げて運んでいく。

自分の三倍はあろうかというイノシシに、まだちょっとドキドキしつつ、ククリはナバルに聞いてみた。

「あんな立派なイノシシ、本当にもらってしまってよかったんでしょうか……」

いくら獣人族が狩りが得意とはいえ、あんな大物、そう簡単にとれる獲物ではない。

自分が受け取ってしまってよかったのかと戸惑うククリに、ナバルが穏やかに微笑んで頷く。

「受け取ってやってくれ。皆、君への感謝の気持ちを、なんらかの形で表したくて仕方ないんだ」

そう言うナバルの背後には、ここ最近この屋敷に運び込まれ続けているククリへの贈り物の数々が積み上げられている。

（なんだかすみません……）

恐縮しつつ、ククリは身を縮こまらせてハイと頷いた。

――リィンが冷熱病から持ち直して、数日が過ぎた。

今夜が峠だと言われていたリィンだったが、幸いにもベルの花の薬がよく効き、朝になる頃にはすっかり平熱に戻り、容態も安定していた。起き上がれこそしなかったものの、意識ははっきりとしていて、アロたち家族と一緒に、何度もククリにありがとうと感謝してくれた。

一件落着し、ほっとしてナバルと共に屋敷に戻ったククリだったが、大変なのはその日の午後からだった。

ククリが町まで薬を取りに行ったこと、おかげでリィンが一命を取り留めたことを知った獣人たちが、お礼の品々を手にナバルの屋敷に押し寄せてきたのだ。

リィンが助かっただけで十分だったククリは、次々訪れる獣人たちに驚いたが、どうやら獣人族の感覚ではこれは当たり前のことらしい。一族の一員、しかも次代を担う大切な子供を助けたククリは獣人族にとって大恩人だという認識らしく、その日からずっと、ククリの元にお礼を言いにくる獣人や贈り物は引きも切らない状態だ。

（獣人族の人たちって、本当に義理堅いというか、恩義に厚いんだな……）

毎日増え続けている贈り物は、畑や狩りでとれた食材はもちろん、美しい装飾品や工芸品、ククリの身の丈に合わせて仕立てられた獣人族の衣装など多岐にわたっており、どれも心のこもったものばかりだ。

食材は屋敷の獣人に調理をお願いし、衣装などはありがたく身につけさせてもらっているが、すでにククリの部屋は贈り物でパンパンだ。

整理するのもひと苦労で、手伝ってもらっている屋敷の獣人からは、ナバル様が族長に就任された時に並ぶお祭り騒ぎっぷりですよと苦笑されてしまった。

（明日はアロくんも戻ってくるし、そうしたらアロくんにも整理を手伝ってもらおう……）

ナバルの計らいで、しばらく実家に残ってリィンの看病をしていたアロだが、リィンもすっかり元気になった為、明日にはこちらに戻ってくると聞いている。

久しぶりに会えるのが楽しみだな、と頬をゆるませたククリは、しかしそこで、どこか浮かない顔のナバルに気づいた。

（ナバルさん……、もしかして、シドさんのことを考えてるのかな）

雪の降る窓の外を見つめるナバルは、普段より険しい表情をしている。あたたかな暖炉の火が映り込んだ、美しい金色の瞳を見つめて、ククリは数日前の出来事に思いを馳せた。

――リィンの容態が安定し、屋敷へと帰る道中、シドはナバルに少し時間をくれと言った。

去年の『白い花嫁』について、ナバルに話す前に、筋を通さなければならない相手がいる。その相手に話をしてから必ず話す、と――。

(族長のナバルさんより先に話をしなきゃならない相手って、誰なんだろう。筋を通すって……?)

どういうことなのか詳細を聞きたかったが、シドはそれが話せないから時間をくれと言ったのだろう。結局ナバルは分かったとだけ返事をし、その日はそのままシドと別れた。

(ナバルさんは、シドさんは一族を裏切ったりしてないって言ってた。必ずなにか事情があるはずだって)

ククリも今は、そう思う。聞けばシドは雪の降る森の中、一人でベルの花を探し回っていたそうだし、なによりリィンの無事をあれほど喜んでいたのだ。あんなに一族思いの人が、獣人族を裏切るようなことをするわけがない。

だが、いつになったら話が聞けるのか、明確なことが分からないまま待ち続けるのは、いくら相手を信じていても苦しい。

(せめて、次の満月までとか期限があれば……)

そう思いかけて、ククリはハタと気づく。

(……そういえば、今日だ。オラーン・サラン……)

赤い満月までには、と明確な約束があったわけではないが、自分もまた、ナバルから話を保留にされている。

あの時ナバルは、気持ちを整理したらきちんと話すと言っていたが、もう整理できたのだろうか。

ナバルは一体、どんな答えを出したのだろう――。

(僕は……)

窓の外を眺め続けている白狼の横顔を見つめて、ククリはこくりと緊張に喉を鳴らした。

(……僕は、好きだ。ナバルさんのこと)

種族の違う、しかも同性に自分が恋愛感情を抱くなんてと戸惑う気持ちは、正直まだある。

でも、ナバルのことを知れば知るほど、彼と一緒に過ごすほど、自分の中で彼がどんどん大切な存在になっていくのを感じずにはいられない。

ナバルと、もっと一緒にいたい。

春が来ても一族の元には帰らず、このまま彼の近くにいたい――。

(でも……、でも、僕は『白い花嫁』だ。僕が草原の一族の元に帰らなければ、獣人族にかけられた疑いを晴らせない)

自分はあくまでも人質で、仮初《かりそ》めの花嫁だ。

それにナバルには、立場がある。

仮にナバルが自分に想いを寄せてくれたとしても、獣人族の族長である彼が一族以外の者を伴侶に迎えることは、きっと難しい。

（……ナバルさんは、どんな答えを出すんだろう）

思い上がりと笑われてしまうかもしれないけれど、それでも、もしかしたら自分の気持ちは彼を困らせてしまうかもしれないと思うと、想いを伝えることを躊躇ってしまう。

ナバルの答えによっては、自分はこの想いに蓋をしなければならないかもしれない――。

「……ククリ。ククリ？」

「え……、あっ、はい」

と、考え込んでいたククリに、ナバルが声をかけてくる。慌てて顔を上げたククリに、ナバルが首を傾げて聞いてきた。

「考えごとか？　珍しいな」

「あ……、ええと、その……、そう、アロくんが帰ってきたら、どこから片づけを手伝ってもらおうかなって考えてました」

しどろもどろになりながら口にした言い訳を、ナバルが穏やかに笑って見逃してくれる。

「……そうか。まあ、あいつも両親や兄弟からククリへのお礼の品をたくさん持たされて戻ってきそうだがな」

「えっ、これ以上は困ります……！」

割と本気で置き場所にも、扱いにも困る。どうしよう、と困惑したククリに、ナバルが苦笑を浮かべて言う。

「一応、あまり大仰にするなとは釘を刺してあるが、なにせ当事者だからな。覚悟はしておいた方がいいかもしれない。……ああ、それと、俺はこれから用事で出かける。君は今日はもう、屋敷の外には出ないでくれ」

「あ……、はい、分かりました。今日が満月だからですか？」

赤い満月の夜は、獣が凶暴化する。

獣人の里に近づく獣は少ないが、念のためということだろうと思って聞いたククリに、ナバルが一瞬言葉に詰まる。

「……っ、ああ、そうだ」

ふっと視線を外して頷いたナバルに、ククリは少し違和感を覚えた。

（……？　珍しいな。ナバルさんが視線を逸らすなんて……）

普段あまりない仕草に首を傾げたククリだったが、ナバルはやおら立ち上がると、まるで逃げるように部屋の扉へと歩み寄る。

「俺は明日の朝まで帰れない。くれぐれも気をつけてくれ」

「はい。風が強くなりそうですから、気をつけて下さいね」

ああ、と頷いたナバルを見送って、ククリはふうと小さくため息を零した。

いっそ春が来なければいいのにと、思いながら。

ナバルが出かけてほどなくして強くなり始めた風は、夜半になってようやくおさまった。

つい先ほどまでゴウゴウとすさまじい吹雪だったのが、今は嘘のように静まりかえり、晴れた夜空には赤い満月が輝いている。

昼間見た時より一層高く積もった雪が、赤い月光に照らされてキラキラと星屑のように煌めく光景を、ククリは小さく開けた部屋の窓からじっと眺めていた。

（ナバルさん、大丈夫かな……）

まさかこんなに吹雪くとは思わなかったが、ナバルは無事だろうか。

戻りは明日の朝になると言っていたから遠方に用事があったのだろうが、目的地には辿り着けただろうか。

（どこかで吹雪をやり過ごせてればいいけど……）

最初は、獣人族は多少の吹雪などなんということはないと言っていた屋敷の獣人たちも、あまりの悪天候に、さすがに顔を曇らせていた。

吹雪の中、探しに行くわけにもいかなかった為、とりあえず明日の朝まで待ってみようということになったけれど、風もおさまったし、今からでも探しに行った方がいいのではないか。

（でも、ナバルさんの行き先、誰も知らないみたいだったしな……）

ククリが尋ねても、屋敷の獣人たちは皆、ナバルから行き先を聞いていないと言っていた。とはいえ、何人かは返事を躊躇う様子があった為、もしかしたら心当たりがあるのかもしれない。

ククリが外に飛び出さないようにという配慮で告げなかったのだろうが、もう一度聞きに行ってみようか。どうせ気になって眠れないだろうしと、ククリが窓辺からそっと離れようとした、その時だった。

「……っ、メラ⁉」

突如、どこからともなくメラが宙に現れる。

ふわんふわんと宙で揺れたメラは、すいっと外へと踊り出て、ククリを振り返った。

「もしかして、ナバルさんのところに連れて行ってくれるの……？」

目を瞠って呟いたククリの前で、メラがパチパチと火の粉を弾けさせてにっこり笑みを浮かべる。

その表情でメラの意図を確信したククリは、すぐに窓を閉めると、上着を羽織り、マフラーや手袋でしっかり防寒し、ランタンを手にそっと部屋を抜け出した。

（外に出ないようにとは言われたけど……、でも、わざわざメラが現れるなんて、ナバルさんになにかあったのかもしれない）

今までもメラは、群れからはぐれた羊の元に何度も導いてくれた。ナバルが何事もなく目的地に着いていれば、おそらくメラはククリの前には現れないだろう。

なにかあった時に応急手当ができるよう、急いで消毒液や包帯を皮袋に入れて、ククリは屋敷の外へと出た。

すっかり夜が更けた外は、空気がキンと冷たく、降り積もった雪に周囲の音が吸収されているのか、とても静かだった。

ぴゅーっと勢いよく飛んできたメラが、寒い寒いと肩をすくめんばかりの様子でククリの持つランタンに飛び込む。

ランタンの中でほっと目を細め、ご機嫌そうに炎をゆらめかせたメラが、森の方へ向けて中からランタンを揺らした。

「！」

「……っ、うん、分かったよ、メラ」

白い息を吐きながら頷いて、ククリはメラの入ったランタンを手に歩き始める。

暗い森に入るのはさすがに勇気が要ったが、ナバルが苦しんでいるかもしれないと思うと自然と足が前に出ていた。

（ナバルさん、どこにいるんだろう……）

赤い月光が差し込む森に、サク、サク、とククリが新雪を踏む音が響く。

時折カランとメラがランタンを揺らす音が加わる度、進む方向を変えて、ククリはどんどん森の奥へと分け入っていった。

――やがて、木々の向こうに小屋がぽつんと建っているのが見えてくる。

カランカランと、小屋の方に向かってひっきりなしにランタンを揺らすメラの様子に、ククリは焦って駆け出した。

「っ、ナバルさ……、……っ!?」

――しかし。

「ウ……、ウ、ウウウ……!」

「……っ!」

小屋の中から聞こえてきた獣の低い唸り声に、ククリは思わず足をとめる。息をひそめたククリの耳に、なにか固いものを引っ掻くような、ガリガリという物音が聞こえてきた。

(獣……?)

メラの様子から、てっきりナバルがいると思ったのだが、違ったのだろうか。

身の危険を感じて後ずさったククリだったが、その時、ランタンからメラが飛び出てくる。

「! ……!」

何故だか怒った様子でパチパチと火の粉を弾けさせたメラが、その小さな体でククリの肩をぐいぐい前に押そうとする。

早く中に入れと言わんばかりの様子に、ククリは焦ってしまった。

「ちょ……っ、メラ……!」

「つ、そこにいるのは誰だ……！」

小声でメラを咎めた途端、小屋の中から聞こえてきた唸りがピタリとやみ、低い声が飛んでくる。険のある声はしかし、馴染んだナバルのもので、ククリはほっとして声をかけた。

「僕です、ナバルさん。ククリです」

「……っ、ククリ……？　どうして……」

くぐもった低い声には、茫然とした響きがあった。ククリは急いで扉に歩み寄って告げる。

「メラがここまで案内してくれました。開けますね」

「つ、駄目だ！」

しかし、ククリが扉のノブに手をかけた途端、鋭い制止の声が飛んでくる。ドンッと扉の内側から強い振動が伝わってきて、ククリは驚いてノブから手を離した。

「……ナバルさん？」

おそらくナバルは、内側から扉を押さえているのだろう。慌ててノブを回し、開けようとしても、ククリの力ではびくともしない。

扉越しに、ハ……ッと荒いナバルの息が聞こえてきて、ククリは焦って扉を叩いた。

「ナバルさん、どうしたんですか!?　ここを開けて下さい……！」

「駄目だ……！　今すぐ帰れ！」

常になく厳しい口調で、ナバルがククリに命じる。しかしその声は明らかに苦しげで、ひどく歪んでいた。

「帰れって……」

何故そんなことを言うのか。一体どうしたというのか。

当惑したククリは、ノブを摑む手にぐっと力を込めて、ナバルに問いかける。

「どうしたんですか、ナバルさん？　もし怪我をしているなら、手当てさせて下さい……！」

ナバルは明らかになにか隠している。そうと分かっていて、ここで引く訳にはいかない。

まさかこうなるとは思っていなかったのだろう。ふわふわと宙に浮かんだメラが、不思議そうにククリを見つめ、次いで扉のほんのわずかな隙間をすり抜けて中へと入っていく。

「熱……っ！」

おそらくメラがナバルを咎めて、わざと攻撃したのだろう。声が上がった途端、ナバルの力がほんの少しゆるむ。

その隙を見逃さず、ククリはぐっと力いっぱい扉を押した。ほんの少し開いた隙間に向かって、懸命に呼びかける。

「ここを開けて下さい！　無事なら、せめて顔を見せて下さい！」

「……っ」

「ナバルさんの無事を確認するまで、僕……っ」

——と、その時だった。

突如、ククリの背後でウウウッと低い唸り声がする。

振り返るとそこには、ギラギラと目を光らせた一頭の野犬がいた。

「……っ！」

鋭い牙を剝き出しにした野犬が、ククリめがけて飛びかかってきた、次の瞬間。

「……っ、させるか……！」

それまで強固にククリを拒んでいた扉がバッと開き、大きな手がククリの腕を摑んで勢いよく中に引き入れる。

伸ばしたもう片方の腕で、鋭い爪の一撃を野犬に浴びせたナバルが、ギッと野犬を睨み据えて唸った。

「彼は……っ、ククリは俺のものだ……！」

「え……」

「失せろ！」

ナバルの咆哮に、野犬がキャンキャンと尻尾を丸めて逃げ出す。

「！　‼」

怒りの形相で小屋から飛び出したメラが、ボッと体を大きく膨らませて野犬を追いかけていく。

「あ……」

事の成り行きに驚いていたククリだったが、ナバルは扉を閉めるや否やククリをきつく抱きしめ、

――そして。

「……⁉」

突然、唇をやわらかな被毛に覆われて、ククリは大きく目を見開いた。

視界いっぱいに、美しい白銀の狼が映っている――。

「……っ、好きだ……！　君のことが好きだ、ククリ……！」

くちづけを解いたナバルが、熱っぽく囁く。

「俺は、君のことを……、っ、ぐ……！」

しかし次の瞬間、ナバルはククリからバッと身を離し、苦しげに呻いて床に膝をついた。

「ぐ、あ、あああ……！」

「ナバルさん⁉」

ガリガリと床を引っ掻いて苦しむナバルに、ククリは慌てて手を伸ばす。しかしその手が触れるより早く、ナバルが叫んだ。

「俺に触るな！」

「……っ！」

強い拒絶に、ククリは思わずびくっと身を震わせる。

肩で荒く息をしながら、ナバルが呻いた。

「……さっきのは全部、嘘だ」

「嘘……？」

繰り返したククリに、ナバルが苦しげな声で頷いた。

「ああ、嘘だ。……俺たち獣人は、赤い満月の夜、強制的に発情する。さっきのは、その発情のせいで気が迷っただけだ……！」

「…………」

「俺は……、俺は、君のことなど……、……っ」

声を詰まらせたナバルが、低い呻きを漏らす。

床に爪を突き立てたまま、くっきりと筋を浮かべているその大きな手をじっと見て、ククリはそっと自分の手袋を、外した。

「……ナバルさん」

寒さだけではないものに強ばり、震える手を思いきって伸ばし、ナバルの手に重ねる。

「嘘は、駄目です」

「……っ」

『……好きだ』

触れた手から、ナバルの本当の気持ちが伝わってくる。

ククリへの、深い想いが。

彼が懸命に隠そうとした、——本心が。

『俺は君が、好きだ。赤い満月の夜に発情したのは、心から君を愛してしまったからだ』

「……やっぱり」

ほっとして、ククリは緊張を解いた。

触れる前から確信は持っていたけれど、やはりそうだったのだ。

嘘だ、という言葉こそが、嘘だったのだ。

「……っ、すまない……」

うなだれたまま謝るナバルに、ククリは静かに頭を振る。

「僕の方こそ、ごめんなさい。ナバルさんは僕の為に嘘をついてくれたのに……」

発情、とはどういうものなのか、人間のククリには今一つピンと来ない。しかし、よく見れば小屋の床はあちこち引っ掻き傷だらけで、ナバルが相当苦しんでいたことは容易に想像がつく。

(きっとナバルさんは最初から、僕から離れる為にここに来たんだ。一緒にいたら、僕を襲ってしまうかもしれないから……)

先ほどの野犬への威嚇といい、衝動的なくちづけといい、ナバルは暴走しそうな本能を必死に理性で抑え込んでくれているのだろう。

ククリを傷つけない為に、——今、この瞬間も。

(……そんなの、嫌だ)

ククリはナバルの正面に膝をつくと、荒い息を必死に堪えている白狼にそっと手を伸ばした。両手でその大きな顔を上げさせ、目を見て問いかける。

「……ナバルさん。あなたの言葉でちゃんと、本当の気持ちを教えてもらえませんか」

「ククリ……」

「ナバルさん、言ってたはずです。気持ちの整理がついたら、ちゃんと話すって」

ナバルの配慮を全部台無しにするようで申し訳なくはあるけれど、それでも一人で抱え込まないでほしい。

なにより、この人の心が欲しい。

ナバルには立場があるとか、彼の答えによっては自分の想いに蓋をしなければならないなんて、そんなこともうどうでもいい。

この先どうなったっていい。どんな目に遭ったっていいから、この人が欲しい。

ナバルの愛が、想いが、すべてが、どうしても欲しい――。

「僕は、たとえ僕の為であっても、気の迷いだなんて嘘をつかれるのは、嫌です」

窓から差し込む赤い月光を映し込んだナバルの瞳が、理性と本能、衝動と自制心に揺れている。

自分しか見られない、美しいその金色をじっと見つめて、ククリは懸命に想いを綴《つづ》った。

「好きです、ナバルさん。僕はあなたのことが好きです。……あなたは？」

「俺、は……」

そっと問いかけたククリに、ナバルが躊躇いを滲ませる。

ぐっと目を眇めた彼はしかし、一度瞬きをすると、迷いのない、まっすぐな目でこちらを見つめ、その手をククリの右手に絡ませてきた。

手の平を合わせ、全部の指をしっかりと組んで、ナバルが再び口を開く。

「……好きだ」

『愛している』

「君のことを、心から」

『……好きだ』

「心から、愛している。……ククリ」

言葉で、声で、心で、目で、全部を明け渡してくれたナバルに、ククリは飛びつくようにしてくちづけた。

「……っ、僕も……っ、僕も好きです、ナバルさん……！」

「ククリ……！」

熱っぽい声で唸ったナバルが、ククリ以上の熱量でキスに応える。

人間よりずっと大きな口も、牙も、舌も、なにもかも愛おしくて、少し怖くて、——嬉しくて。

「ん……っ、んむ、んんっ」

『好きだ……、好きだ、ククリ』

長い舌にひっきりなしにやわらかな粘膜を舐めくすぐられながら、繋いだ手から怒濤《どとう》のように恋情を注ぎ込まれる。

『愛している。君以外もう、なにもいらない。君しか、目に入らない』

（僕も……、僕もです、ナバルさん）

堰《せき》を切ったように溢れ出す想いは自分も同じなのに、こちらの心の声はナバルに直接伝わらないのがもどかしい。

少しでも伝わるように、届くように、繋いだ右手にぎゅっと力を込めて、ククリは懸命に激しいくちづけに応えた。

「……っ、は、んん……っ」

なめらかな狼の舌に舌を搦め捕られ、唇を甘く咬まれる。

暴走しそうな本能と戦っているのだろう、決して傷つけないよう懸命に堪えるあまり、喉奥で低く唸り続けているナバルが愛おしくて愛おしくて、どうにかなりそうで、ククリはつるりとした牙を懸命に舐めて美しい獣をなだめた。

混ざり合った蜜にこくりと喉を鳴らしたククリを片腕できつく抱きしめながら、ナバルが熱い吐息を零す。

『……欲しい』

「ククリ……、君が、君の全部が、欲しい」

『今すぐ全部、俺のものにしたい』

「……っ、ナバルさん……」

欲情に濡れた低い声で頭も耳もいっぱいにされて、ククリは懸命にナバルの逞しい胸元にしがみつき、こくりと頷いた。

「僕も……、僕も、ナバルさんが欲しいです」

密着しているせいで、先ほどからククリの腿にナバルの兆《きざ》しが当たってしまっている。服越しにも分かるほど猛《たけ》ったそれは、自分のものとは比べものにならないくらい大きくて、正直に言えば少し怖い。

けれど、ナバルが自分を想って欲情してくれたのだと思うと嬉しいし、自分も彼が欲しい。

嘘じゃないことを示したくて、ククリはナバルの腿に熱くなった自分のそこをそっと擦り寄せて、懸命にナバルを誘った。

「し……、して下さい、ナバルさん。僕をちゃんと、あなたの恋人に……」

「っ、ククリ……！」

一瞬大きく目を見開いたナバルが、くっときつく目を眇める。やおら立ち上がった彼は、ククリを横抱きに抱え上げると、早足で部屋の奥へと向かった。

「えっ、わ……っ、……っ！」

赤々と火が燃えている暖炉のそばにある、大きなハンモックにククリを降ろしたナバルが、すぐさま覆い被さってくる。

「ん……！　……っ、ん……」

グルル、と獣のような唸り声を発するナバルに唇を奪われ、一瞬驚いたククリはしかし、すぐに目を閉じ、強引なくちづけを受け入れた。

二人の重みでゆらゆら揺れるハンモックの中、ナバルが急くような、けれど懸命に衝動を堪えるような手つきで、ククリの服を脱がせていく。

「……っ、僕も……」

自分もナバルの服を脱がせようとしたククリだったが、ナバルはククリを裸にすると、息を荒らげて苦しそうに言う。

「俺は、いい。それより、君に……、君に、触れたい」

喘《あえ》ぐように唸るナバルに、ククリは頷いた。

「……はい。僕も、ナバルさんに触ってほしいです」

微笑んだククリに、ナバルがほっとした様子で頷く。

どうやらナバルの発情には本人の気持ちが大きく関わっている様子で、ククリが彼を受け入れていると分かると安心するのか、少し呼吸が楽そうになる。

（恥ずかしいけど、嬉しいな……）

ナバルは本当に自分を好きでいてくれるのだと実感し、くすぐったい気持ちで大きな手が近づいてくるのを待っていたククリだったが、ナバルの手はククリの肌の上でぴたりととまってしまう。

そのままうろうろと、あちこちを彷徨い出した手に気づいて、ククリはナバルを見上げた。

「ナバルさん……？」

「……っ、いや……」

ククリの呼びかけに、ナバルがもどかしそうに呻く。

一体どうしたのだろうと首を傾げて、ククリはそっと右手でナバルの手を摑んだ。途端、彼の心の声が頭の中に響く。

『触れたい……、触れたいが、……怖い。こんなに小さくて細い、やわらかい体、俺が触れたら、それだけで壊れてしまうんじゃないか……？』

「……っ、もう、ナバルさん……」

思いもしない心配をしていた恋人に、ククリは小さく噴き出してしまった。

バツの悪そうな表情を浮かべるナバルを見上げて、もぞもぞとハンモックのスペースを空け、ぽんぽんと叩いて促す。躊躇いながらもククリの隣に身を横たえたナバルと向かい合わせになって、ククリはその大きな手を自分の胸元に引き寄せた。

「そう簡単に壊れたりしないから、ちゃんと触って下さい」

「っ、ククリ……」

「僕も、ちょっと怖いです。でも、ナバルさんなら大丈夫だって、信じてるから……」

本音を打ち明けたククリに、ナバルがハッとした様子で呻く。

「……そうだな。君の方がよほど、怖いはずだな」

するりとククリの右手に手を重ねて、ナバルが言う。

「手を、繋いでいてもいいか？　少しでも、君の不安が減るように……」

「ナバルさん……、……ありがとうございます」

きゅっと大きな優しい手を握り返して、ククリは落ちてきたキスに目を閉じた。

「ん……、んっ、ん……」

やわらかな被毛に覆われた口で唇を啄《ついば》まれながら、そっと肩や耳を撫でられる。

『優しく、したい。大事に、……大切に、したい』

『可愛い……、どうしてこんなに可愛いんだ……？』

『もっと、……もっと、触れたい。全部、可愛がりたい』

伝わってくる低くて心地いい声が甘くて、全身をくすぐるやわらかな被毛がくすぐったくて、体の熱がどんどん上がっていく気がする。

ピンと尖った胸の先をやわらかくつままれて、ククリはぴくんと過敏に体を震わせた。

「……っ、んっ、あ、んん……っ」

自分よりずっと太い、なめらかな被毛に覆われた指先に、きゅっとそこを軽く引っ張られる度、甘い電流のような疼《うず》きが走る。今まで意識したこともない、小さな花芽《はなめ》がもたらす快感に、ククリは懸命に声を堪えようとした。

「ん、ん……っ」

「……気持ちいいか？」

「わ、かんな……っ、くすぐったい……っ、ふぁっ」

そっと聞かれて、恥ずかしくてそう答えるも、ククリの首元に鼻先を埋めたナバルには匂いで伝わってしまったらしい。

「……悦《よ》さそうだな」

嬉しそうに、ほっとしたようにナバルが囁くのと同時に、繋いだ手から彼の心が伝わってくる。

『今までで一番、甘い匂いがする……。くらくらするような、発情の匂いだ』

「……っ、違……っ、あ、んんんっ！」

なんてことを言うのかとカーッと頬を染め、咄嗟に否定しようとしたククリだったが、ナバルはククリの胸元に鼻先を近づけると、ぺろりと舌で尖りを舐め上げてくる。

思わず息を詰めたククリにスッと目を眇めて、ナバルがグルル……、と低い唸り声を漏らした。

『嬉しい……。俺に触れられて、こんなに甘い匂いをさせてくれるなんて……』

『早く、……っ、早く欲しい……！　今すぐ全部、俺のものにしたい……！』

『……っ、怖がらせたくない。安心させてやりたい。俺の手に、もっと慣れてほしい』

「……っ、ナバルさん……」

ナバルの心の中に渦巻く本能と欲望、嬉しさと葛藤が一気に流れ込んできて、ククリは胸がぎゅっとなってしまう。

嬉しいと思ってくれることも、欲しいと、怖がらせたくないと思ってくれることも全部嬉しくて、全部に応えたくなってしまう。

こんなに大切に思ってくれていることが嬉しくて、嬉しくてたまらない――……。

「ナバルさ……っ、ん……っ、そこ……っ、んんんっ」

もっととか、気持ちいいと言うのがまだ恥ずかしくて、でも決して嫌がっていないと、触れられて嬉しいと思っていると伝えたくて、ククリは懸命に胸を反らしてジンジンと疼くそこをナバルの舌先に擦り寄せる。

グルグルと喉を鳴らしたナバルが、固く実った尖りをなめらかなその舌でぬるぬると舐め転がし、舌先で押し潰して、ククリの拙《つたな》い求めに応えてくれた。

「んっ、あっ、あ……っ、あ……！」

「……ここからも、いい匂いがしている」

つるりとした爪の表面で、もう片方をこりこりと可愛がっていたナバルが、その手をするりとククリの下肢《かし》に伸ばす。

すっかり兆した性器の先端を太い指先ですりすりと撫でられて、ククリはたまらずナバルの頭に空いた手でぎゅっとしがみついた。

「あ……っ、ナバルさ……っ、そっちは……っ、あっんんん……！」

恥ずかしいのに気持ちがよくて、すぐにとろりと蜜が零れてしまう。

直接的な快感に高い声を上げるククリに、ナバルが低く唸った。

「……っ、可愛い……、本当に、君は可愛いな、ククリ」

『姿だけじゃない。声も匂いも、なにもかも全部可愛い。……全部、愛おしい』

声と、声にならない声と両方で唸ったナバルが、顔を上げてククリの唇を奪う。きゅっとククリのそれを片手で包み込み、激しく扱《しご》き立てながら、ナバルは堪えきれないように幾度もククリの唇に甘く咬みついてきた。

「ナバル、さ……っ、んあっ、んっ、んんんっ」

鋭い牙でやわらかく唇を、頬を咬まれる度、甘く背筋が震える。

牙の痕を熱心に舐める大きな舌が、しとどに濡れた熱茎を扱き立てる手が怖いくらい気持ちよくて、唇から勝手に嬌声《きょうせい》が漏れてしまう。

可愛い、好きだと耳からも頭の中でも絶えず聞こえてくる囁きが恥ずかしくて、嬉しくて、くすぐったくて、大好きで。

「あ、あ……っ、ひぅうっ！」

首筋を少し強めに咬まれると同時に、蜜口を被毛に覆われた指でぐちゅうっと押し潰されて、ククリはあっという間に快感を弾けさせた。

「あ……っ、んん……っ、で、出ちゃった……」

自慰《じい》とはまるで違う、強制的で圧倒的な快楽に、浸るより先に茫然としてしまう。

とぷとぷと白蜜を溢れさせながら、思わず呟いたククリに、ナバルがくっと目を眇めた。

「っ、そういうことを言うから、俺がとまらなくなるんだろう……！」

「え……、……っ⁉」

するりと繋いでいた手を解いたナバルが、ククリの足を押し開き、そこに顔を近づける。とろんと零れた最後の一滴を、すかさず大きな舌で舐め取られて、ククリは狼狽してしまった。

「あ……っ、だ、駄目……っ、駄目です、ナバルさ……っ、んんんっ！」

しかしナバルは、躊躇することなくそこをぱくりと銜《くわ》え込み、長い舌を絡みつかせてくる。なめらかな熱い舌に包み込まれ、そのままぬちゅぬちゅと扱き立てられて、ククリの芯はあっという間にまた張りつめてしまった。

「ふあっ、あ……っ、駄目……、ああっ、んっんっ、ん……！」

達したばかりのそこを刺激されるなんて初めての経験で、快感の逃がし方も分からない。

怖くて、恥ずかしくて、でも気持ちよくて。

せめて少し待ってほしいと、きゅっとナバルの頭を腿で挟み込むのに、ふわふわの被毛に内腿をくすぐられて、かえって追いつめられてしまう。

(気持ちいい、やだ、駄目、だめ……っ)

制止する為なのか、快感を追いかけたいのか、もう自分でも分からなくなりながら腿を擦り合わせるククリに、ナバルがグルル、と低く唸りながら顔を上げた。

「……っ、悪いがもう、とまれない」

「え……、あ、嘘……！」

ぐいっとククリの足を一層開かせたナバルが、とろとろに濡れた熱芯のその下に鼻先を埋める。

ハア、と熱い吐息がかかると同時に、とんでもない場所を舐め上げられて、ククリはすっかり動転してしまった。

「やめ……っ、ナバルさん……！」

「ん……」

『絶対にやめない』

制止しようと慌ててナバルの頭に触れた右手から、強い拒否の声が流れ込んでくる。

きゅっと閉じたククリのそこにゆっくりと舌を這《は》わせながら、ナバルはじっとこちらを見上げてきた。

『俺のものだ』

「……っ」

『俺の……、俺だけのものだ……！』

ギラリと光る金色の目に、荒々しい唸り混じりの吐息に、本能が剥き出しになった心の声に、ククリは思わず身をすくませてしまう。自分はこの獣の獲物なのだと、否応なしにそう思い知らされて怖いのに、それがナバルだと思うだけで陶然としてしまう。

ナバルがこんなにも自分を求めてくれているのだと思うと、それだけで嬉しくて、体の芯がとろりと蕩《とろ》けてしまう――。

「……っ、あ……、ん、んん……っ」

ククリの体からくてんと力が抜けたのが分かったのだろう。ナバルがグルグルと喉を鳴らしながら、ぬぷりと舌を潜り込ませてくる。

身も心ももうすっかり彼を受け入れてしまって抵抗ができなくて、ククリは奥へ、奥へと進んでくる舌にあえかな声を零し続けた。

「あ、あ……、ナバルさ……っ、あんっ」

『……ここか』

ククリが一際高い声を上げるなり、ナバルがスッと目を眇める。狙いを定めた舌に、ぷくりと膨らんだ凝りのようなそこをぬるぬると舐めくすぐられて、ククリはたちまちとろんと快楽の蜜に呑まれてしまった。

「あっあっあ……っ、駄目……っ、だめ……っ」

誰がどう聞いても、制止ではなくねだっているようにしか聞こえない自分の声が恥ずかしくて、でももうナバルが与えてくれる快楽で頭がいっぱいで、どんどん声が甘く濡れていってしまう。

「あ、ん……っ、ああっ、ナバルさ……っ、あっあっあ！」

くりゅくりゅと舌先で押し潰すように可愛がられているそこから、ビリビリと電流のような強い快感が全身に広がっていく。ナバルと触れ合っているところがどこもかしこも甘痒くて、気持ちよくてたまらない。

太い舌で蕩かされた隘路《あいろ》が熱く疼いて、ひくひく震え出す。とろとろと奥まで滴《したた》り落ちてくる蜜がもどかしくて、もっと欲しくなってしまう。

もっと熱いもので全部、いっぱいにして欲しい。

(ナバルさん……っ、ナバルさんの全部が、欲しい……っ)

「……っ、ククリ」

蕩けきった頭でククリが思った瞬間、ナバルがぬるりと舌を引き、身を起こす。

「は……っ、あ、あ……?」

ぼんやりと、快感に上気した顔でナバルを見上げたククリに、ナバルが濃密な低い声で告げた。

「……挿れるぞ」

ハア、と熱い吐息を零したナバルが、もどかしげに自分の服を脱ぎ捨てる。ぶるりと飛び出した雄《おす》は、番《つがい》の発情の匂いを感じ取り、猛々《たけだけ》しくそそり立っていた。

「……っ」

(あれ、を……?)

人間とは比べものにならない大きさのそれに、さすがに怯えずにいられなかったククリだが、見上げたナバルはより一層苦しげな表情でじっとこちらを見つめている。

不規則で荒い呼吸の下、唸り声を必死に堪えて、自分の答えを待ってくれているナバルに気づいたら、自然とククリの腹は決まっていた。

「……ナバルさん」

両手を伸ばして、目の前の恋人をぎゅっと抱きしめる。

触れたところから伝わる彼の気持ちと同じくらい、自分の気持ちも伝わるようにと願いながら、ククリは白銀の狼にくちづけた。

「来て下さい。僕もあなたが、欲しいです」

「っ、ククリ……」

一瞬目を瞠ったナバルが、優しく目を細めて頷く。

「……ああ。愛している、……心から」

「ん……、僕もです」

お互いにしか聞こえない声で囁き合って、キスを交わす。

なめらかで大きい獣の舌に深くまで探られ、夢中で応えるククリの後孔に、熱い切っ先がぬるりと押し当てられた。

「……っ、ん……！」

「……力を抜け、ククリ」

ぐっと狭いそこを押し開こうとするそれに、思わずぴくんと跳ねたククリをなだめるように、ナバルが囁く。荒い呼吸混じりの押し殺した低い声は、余裕のない、苦しげなものだった。

「息を詰めないで、声を出すんだ。……俺に、全部委《ゆだ》ねてくれ」

『傷つけたくない、欲しい、怖がらせたくない、欲しい、……欲しい』

ククリの頭の中に、欲望と本能が入り混じったナバルの呻きが響く。暴走しそうな自身を必死に堪えてくれている恋人を早く楽にしてあげたくて、早く受け入れてあげたくて、ククリは懸命にナバルの言葉の通りにした。

「は……、あ、あ……！」

ククリの呼吸に合わせて、ぬぐう、と熱塊がそこを割り開く。

太くて硬い、熱い砲身にゆっくりと奥まで貫かれて、ククリは目の前がくらくらするような感覚に惑乱した。

「あ、あ……っ、なに……っ、なんで……？」

怖いのに、苦しいのに、爪先からじゅわじゅわと溶けていってしまいそうなくらい気持ちいい。いっぱいに開かれたそこが熱くて、ぐいぐいと太茎に擦られる度、もっとと思ってしまう。もっと奥まで満たされたい、もっと気持ちよくされたいと、疼いてしまう。

（どうしてこんな……っ、なんで……？）

自分の体が自分のものじゃないみたいで、初めてなのにどうしてと戸惑ったククリは、もうどうし

ていいか分からず、目の前のナバルに必死にしがみついた。

「ナバル、さん……っ、怖……っ、怖い……！　僕、変……っ、あっんん！」

「……っ、大丈夫だ、ククリ」

あ、あっとじょじょに高く、甘くなっていくククリの声に、ナバルが一層きつく目を眇めて唸る。

「怖くないし、変じゃない……。俺も、一緒だ……！」

「は……っ、あ、あ……？　いっしょ……？」

「……ああ」

頷いたナバルがそっとククリの右手に自分の手を重ねる。全部の指をしっかり絡めたナバルが、嘘偽りない気持ちをククリに直接伝えてきた。

『俺も、怖いくらい気持ちがいい』

「あ……」

『君が感じてくれて、……嬉しい。声も顔も匂いも、全部変じゃない。どうにかなりそうなくらい、なにもかも可愛くて、なにもかも愛おしい』

金色の目を細めたナバルが、ハ……、と熱い息を零す。

「……一緒だったか？」

「ん……、はい……！」

言った通りだったと安心し、頷きながら笑みを零したククリに、ナバルが嬉しそうにグルグルと喉を鳴らす。

「……好きだ、ククリ」

「ん……っ、僕、も……っ、あっあっあ！」

ククリの唇を優しく舐めたナバルが、片手を繋いだまま、ゆったりと腰を揺らし出す。初心者のククリを気遣うような抽挿はしかし、すぐに熱っぽく、激しいものに変わっていった。

「あっ、あっんんっ、ナバルさ……っ、あ……！」

「ククリ……っ」

揺れるハンモックの上で、何度もククリの名前を呼びながら、ナバルが奥まで貫いてくる。逃げ場を奪うように覆い被さられ、反り返った逞しい太茎で一番深いところに幾度もくちづけられて、ククリはたちまち快楽でいっぱいになってしまった。

揺さぶられる度、なめらかな白銀の被毛に剥き出しの肌をくすぐられるのが、気持ちよくてたまらない。

送り込まれる度にぬめりを増し、どんどん熱く、大きく膨らんでいく熱情が、愛おしくてたまらない――。

「あ、あ、あ……っ、んー……！」

とろとろと蜜を零すククリの性器をくちゅくちゅと扱き立てながら、ナバルが一際強く腰を打ち込んでくる。狭い奥まで暴かれ、どこもかしこも愛で満たされて、ククリは全部をナバルに明け渡した。

「ナバルさん……っ、あああ……っ！」

「……っ、く、……っ！」

びくびくと震えながら達したククリを抱きすくめて、ナバルが低く唸る。

ぶるりと力強く胴震いしたナバルに、びゅっ、びゅうっと勢いよく熱蜜を注ぎ込まれて、ククリは目の前の狼にぎゅっとしがみついた。

「は……っ、あ……、あ……っ」

長く続く絶頂に、ぴくん、ぴくっと過敏に震え続けるククリを蕩けそうな金色の瞳で見つめながら、ナバルがゆったりと腰を揺らめかせる。

たっぷりと時間をかけてククリに自分の匂いを付けながら、ナバルは幾度もくちづけてきた。

「ククリ……、……愛している」

「ナバルさん……」

『……君も、だな？』

耳と心、両方に響く囁きに、ククリは微笑んで頷き返した。

「……はい。僕も、です」

自分の言葉も、ちゃんとナバルの心に届いていることが嬉しくて、幸せで。

繋いだ手をぎゅっと握り返したククリに、ナバルがグルグルと喉を鳴らす。

体の芯まで響いてくるようなその喉鳴りを心地よく受けとめながら、ククリは最愛の狼をぎゅっと抱きしめたのだった。


屋根の上に積もった雪が、ドサリと落ちる音がする。

もう陽が高く昇っている証拠でもあるその音に、ククリは目の前の恋人をじっとりと睨んだ。

「……返して下さい」

「ん？　ああ、そのうちな」

ククリと同じハンモックに横になったナバルが、にこにこと上機嫌で生返事を返す。

ゆったりと尻尾を振りつつ、ククリの髪に鼻先を埋めてくんくん匂いを嗅いだり、頬や鼻先を甘く啄んだりと、先ほどからやりたい放題なナバルに、ククリはもうずっと赤い顔でううと唸った。

「そのうちじゃなくって！　今！　返して下さい！　僕の手袋！」

叫ぶククリに、んー、とナバルがまた生返事を返す。

しっかりと繋がれた右手から、ナバルの心の声がククリの頭の中に流れ込んできた。

『ククリは怒った顔も愛らしいな』

「……っ！　……っ！」

砂糖菓子よりも甘い声に、ククリはますます真っ赤になってしまう。

（勘弁して……）

赤い満月の翌朝である。

ナバルに抱かれた後、疲労からすっかり眠り込んでしまったククリが目を覚ましたのは、ナバルの屋敷にある彼の居室だった。

どうやらナバルは、ククリが眠っている間に屋敷まで運んでくれたらしい。

目が覚めた時には清潔な服に着替えさせられており、体もすっきりと清められていて、そのこと自体はありがたいし、手間をかけさせて申し訳ないと思っている。いるのだが、困ったことに、ナバルは何故か頑なにククリに手袋を付けさせてくれないのだ。

（せっかくさっき見つけたのに、取り上げられちゃったし……）

ナバルがククリの為に飲み物を取りに行ってくれた隙に、ギシギシと軋むような感覚の体をどうにか動かし、おそらく着替えと一緒にあったのだろう手袋を見つけることはできた。だが、戻ってきたナバルに即取り上げられてしまったのだ。

今日は一日横になっていろと言っただろうと抱き上げられてハンモックに連れ戻されたククリは、結局手袋を付けさせてもらえていない。ぽいと放られてしまった手袋は、今やナバルの背の向こうに追いやられてしまっていた。

（どうにかして取れないかな、あれ……）

なにせ先ほどから頭の中にずっと、ナバルの心の声が響き続けているのだ。

可愛い、いい匂いがする、撫でたい、触りたい、可愛い、キスしたい、隣にいてくれて嬉しい、小さい、可愛い、キスしたらもっと可愛くなった、もっとしたい、可愛くて可愛くてどうにかなりそうだ——……。

(薄々気づいてたけど、ナバルさんてものすごく恋人に甘いんじゃゃ……)

にこにことこちらを見つめ続けるナバルの心の声は、ククリにはもう容量オーバー過ぎて、恥ずかしくてたまらない。手袋で遮らなければ、とても身が保《も》ちそうにない。

上半身を起こしてナバルの背後に手を伸ばそうとしたククリだったが、ナバルは繋いだ手の指を一層しっかり絡めると、ククリをすっぽり抱きしめて邪魔してくる。

「どうしたんだ、ククリ。今日は無理せず、ゆっくり休んでくれと言っただろう?」

「……休む必要はないって言ったじゃないですか」

昨夜無理をさせたからと心配してくれる恋人に頬を染めつつ、ククリはむくれてみせる。

多少足腰に違和感はあるけれど、遊牧民のククリはここに来るまで毎日羊を追って馬に乗ったり、歩き回ったりしていたのだ。

足腰は特に丈夫な方だし、実際さっき手袋を探した時もなんとか歩けた。ハンモックに一日揺られているなんて、そんな怠惰なことはできない。

とはいえ、心配してもらえるのは嬉しいし、毎日忙しくしているナバルに休みを取らせることができるのなら休んでもいいかなとは思う。

――ただし。

「休むのはまあ、いいです。僕もナバルさんと一緒にいられたら嬉しいし。でも、手袋は付けさせて下さい」

ただし手袋は必須だと、そう訴えたククリだったが、ナバルはククリの言葉を聞いた途端、心底不思議そうに首を傾げる。

「何故だ？　俺はもう、君に心を読まれて困ることはない。手袋をする必要はないだろう？」

「僕が困るんです！　意地悪しないで出して下さい、手袋！」

なにせ先ほどからずっと、絶えず可愛い可愛いと頭の中で囁かれ続けているのだ。

嬉しくないと言ったら嘘になるけれど、正直恥ずかしくてたまらない。一回落ち着いてほしいし、それが無理ならせめて手袋で遮らせてほしい。

照れ隠しもあって、さながら悪戯をした犬を叱る飼い主のごとく、めっと怒ってみせたククリだったが、ナバルはまるで反省の色を見せず、豊かな尾をパサパサ振って開き直る。

「意地悪なんかじゃない。俺はただ、俺の全部を知ってほしいだけだ。君への想いを、あますことなく、全部」

『やはり、ククリはどんな顔をしていても可愛い。……キスしたら怒られるだろうか』

「な……っ」

繋がれた手から流れ込み続けているナバルの心の声に、ククリはカアッと耳まで真っ赤になってしまった。

「……したら、怒ります」

精一杯低い声で威嚇するが、当のナバルは「怒るか、さすがに」とくすくす笑うばかりだ。

(これ、あれだ。飼い主が叱ってるのに全然気づかないで、逆に構ってもらえて嬉しがる大型犬だ)

似たような光景を思い浮かべ、ちょっと呆れてしまったククリだったが、その時、部屋の扉が控えめにノックされる。

「……なんだ」

一瞬ムッとした表情を浮かべたナバルだったが、すぐに緊急事態の可能性に思い当たったのだろう。サッと身を起こし、普段通りの声で応えて、扉へと向かう。

廊下にいたのは、いつもナバルの執務のサポートをしている獣人だった。

「お休み中にすみません。実はシド様が見えていて、ナバル様とククリさんにお話があると……」

「っ、シドさんが……」

ナバルだけでなく自分にも、ということは、十中八九『白い花嫁』についての話だろう。

ハンモックの上で身を起こしたククリをチラリと見やって、ナバルが頷く。

「分かった、すぐに行く。ククリ、いいか？」

「はい、もちろんです」

シドの話なら、すぐにでも聞きたい。ハンモックから降りようとしたククリだったが、それより早く歩み寄ってきたナバルに片腕で抱き上げられてしまう。

「……ナバルさん」

「客間の前までだ」

じっとりと視線で咎めたククリに、しれっとそう言って、ナバルが歩き出す。

待っているのがシドでなければ、おそらく客間の中まで抱いて運ばれていただろう。

恥ずかしいけれど、確かに歩くのはまだ少しつらい。ナバルの言葉に甘えることにしたククリは、客間の前で降ろしてもらい、ナバルに小さくお礼を言って中に入った。

「……来たか」

暖炉であたためられた客間には、すでにシドが通されていた。隣には、見慣れない若い獣人の男がいる。

彼を見たナバルが、少し驚きつつ声をかけた。

「ヤミじゃないか。戻ってきたのか、久しぶりだな」

「はい。ご無沙汰しております、ナバル様」

黒い被毛のヤミが、礼儀正しく頭を下げる。

彼らに暖炉の前の円座を勧めつつ、ナバルがククリに教えてくれた。

「ヤミは、去年の『白い花嫁』の護衛の一人だったんだ。彼は俺たちの一族では珍しく、方術が得意でな。役目が終わった後、しばらく修行に出たいと里を離れていたんだが……、もしかして叔父上が呼び戻したのですか？」

シドは去年の『白い花嫁』について、筋を通さなければならない相手がいると言っていた。ナバルとククリより先に話をしなければならないと言っていたその相手とは、もしかして彼なのだろうか。

ナバルとククリが揃って円座に腰を下ろしたところで、胡座をかいたシドが頷く。

「ああ、そうだ。……実は去年、俺は引き渡しの場で花嫁から、別れ際に手紙を託された。ヤミに渡してくれ、と」

「え……」

シドの言葉に、ククリは思わず目を瞠る。

「じゃ……、じゃあ、アロくんの友達が見たのって……」

小屋から出てきたシドが懐にしまっていたものは、まさか花嫁から託された手紙だったのか。

驚くククリに、シドが苦い表情で頷く。

「ああ。おそらくその仔が見たのは、花嫁から預かったヤミへの手紙だろう。俺はその手紙をヤミには渡さず、ずっと手元で保管していた。時間をくれと言ったのは、先にヤミに手紙を渡さなければと思ったからだ」

「……そうだったんだ」

ほっとして、ククリは隣のナバルを見やった。

心底安堵した表情の彼に、こちらも胸があたたかくなる。

（よかった……。シドさんの疑いが晴れて）

シドの人となりを知るにつれ、ククリもなにかの間違いだろうと思うようにはなっていたけれど、こうして本人の口からきちんと真相が聞けてようやく安心した。

シドがナバルの信頼を裏切るようなことをしていなくて、本当によかったと胸を撫で下ろしたククリの前で、ヤミが懐から件《くだん》の手紙を取り出す。

「これが、その手紙です」

シドから手紙を受け取ったヤミは、すでに読んでいるのだろう。手紙の封は開いていた。

「……どんな内容なのか、聞いてもいいか？」

直接中身を改めることはせず、ナバルがヤミに問いかける。手紙を床に置いたヤミが、緊張した面もちで告げた。

「私のことを想っている、という手紙でした。実は私は護衛をする内、彼女……、サーニャに好意を抱くようになりました。ですが、彼女も同じ気持ちか分からず、結局別れの日になっても一歩を踏み出せず……。同族の元へと去ったサーニャを忘れたくて、旅に出ることにしたのです」

「……そうだったのか」

ヤミが旅に出た本当の理由は聞いていなかったのだろう。頷いたナバルに、シドが告げる。

「だが俺は、花嫁から手紙を預かった時、てっきり二人はもう想いが通じ合っているのだろうと思い込んでしまった。手紙にはおそらく、駆け落ちの約束が書いてあるのだろう、と。……だが、獣人が人間と結ばれたところで、幸せな未来が待っているとは、その時の俺には到底思えなかった」

後悔を滲ませつつ、淡々と語るシドの口振りからは、単に彼が人間嫌いだからという以上の理由が窺えた。おそらく彼は長として、一族の若者の将来を本気で案じ、手紙を渡さないことを決めたのだろう。

シドが勝手に手紙を読んでいないことは、確かめるまでもなかった。

俯いたシドが、話を続ける。

「ヤミが花嫁を忘れる為に旅に出たことは、聞かずとも分かった。忘れられるならその方がいい、手紙のことはこの先もずっと秘めておこうと、そう思っていた。……だが、そうはいかなくなった」

唸ったシドの隣で、ヤミが表情を強ばらせて告げる。

「ここ数年、花嫁たちが里に帰ってきていないことは、私もサーニャから聞いていました。ですが、獣人族が犯人なわけはない。花嫁たちは自ら行方をくらましたのだろうと、軽く考えていました。まさか、彼女まで行方不明になるなんて……」

想い人の言葉をちゃんと受けとめていなかったことが、悔やまれてならないのだろう。手紙を見つめて、ヤミがぐっと拳を握りしめる。

（ヤミさん……）

険しい表情の彼になんと言葉をかけていいか分からず、ククリは黙り込んでしまう。

サーニャは、ククリのことを陰ながら助けてくれた補佐役のオダイの娘だ。

彼女が獣人族の青年と恋仲になっていたなんて驚きだが、種族を越えて惹かれ合うくらい、二人は互いを大切に想っているのだろう。

そんな相手のことを忘れるなんて、たとえ旅に出たところでそうそうできるわけがない。

ヤミは今も、彼女のことを想い続けているのだ――。

「俺も、同じだ」

俯くヤミに、シドが声をかける。

「俺も、最初に花嫁たちが行方不明だと聞いた時、どうせ人間が我々を陥《おとしい》れようとしているのだろうと決めつけてしまった。人間は我ら獣人を憎んでいる、そんな相手と友好関係など結べるはずがない、と。……だが、それは違った」

ククリを見やったシドが、やおら立ち上がる。

大股で歩み寄ってきたシドにどっかりと目の前に座られて、ククリは緊張に姿勢を正した。

「……ククリ殿」

「は、はい」

改まった呼びかけに戸惑いつつ、まっすぐこちらを見据えるシドを見つめ返す。

金色の目をふっと伏せて、シドは深々と頭を下げてきた。

「え……」

「悪かった。あんなにも必死にリィンを助けようとしてくれた君の姿を見て、俺はようやく自分が今まで偏見に凝り固まっていたことに気づいた。人間は敵だと決めつけ、君の話に耳を傾けなかったこと、今は悔いている。今までの無礼の数々、どうか許してほしい。この通りだ」

「……っ、シドさん……」

両の拳を床につけ、真正面から謝るシドを見て、ククリは狼狽してしまう。

「そんな……、あの、頭を上げて下さい。僕は、こうして話をして下さっただけで、もう十分ですから……っ」

ずっと花嫁について話すことを拒んでいたシドが、真相を話してくれたのだ。それだけで十分ありがたいと慌てたククリだが、顔を上げたシドは固い表情で頭を振る。

「そんなわけにはいかない。……少し、付き合ってもらえるか」

立ち上がったシドに促され、ククリは戸惑いつつ腰を上げる。部屋を出るシドとヤミに続きながら、ククリは視線でナバルにそっと問いかけたが、どうやらナバルもなにも聞いていないらしく、小さく首を横に振り返されただけだった。

(なんだろう……。外?)

一体どこに連れて行かれるのかと、躊躇いながらも屋敷の外に出たククリはそこで、目の前の光景に大きく息を呑む。

「……っ、え……」

――そこには、何十人もの獣人が集まっていたのだ。

真っ白な雪景色の中に佇む彼らの中には、ナバルの屋敷の獣人たちや、これまでククリの元にお礼の品を届けに来てくれた獣人たちもいる。

おそらく里中の獣人が詰めかけているのだろう。その先頭には、ルイテラとアロを始めとした兄弟と、両親に付き添われたリィンの姿があった。

「リィンくん……！　もう大丈夫なの？」

「うん、お兄ちゃんたちがここまでソリで引っ張ってきてくれたんだ。でも、もう自分でもちゃんと歩けるよ！　僕、あれからすごく元気になったんだ。ククリくんのおかげだよ！」

ありがとう、と笑ったリィンは言葉通り元気そうで、ククリはほっと安心する。

（……よかった。もうすっかり顔色もよさそうだ）

大病を克服したリィンは、心なしか最初に出会った時よりも生き生きとしている。

これならもう心配なさそうだと微笑んだククリだったが、その時、シドがおもむろにククリの前に立って言った。

「……ククリ殿、手を出してもらえないか」

「え……」

唐突な申し出に戸惑ったククリだったが、どうやらナバルにはシドの言わんとすることが分かったらしい。少し複雑そうな顔つきで唸る。

「いくら叔父上とはいえ、他のオスを君に触れさせるのは腹立たしいが……、今回ばかりは致し方ないな。ククリ、右手を。叔父上と握手してもらえないか」

「……っ、シドさんと、握手を……？」

ナバルの言葉に、ククリは驚いて目を瞠った。

自分は今、手袋を付けていない。このままシドと握手したら、彼の思考を読んでしまう。

自分に素手で触れられたらどうなるか、ナバルもシドも分かっているはずなのにどうしてと、そう思ったククリに、シドが右手を差し出して言う。

「我ら一族は、花嫁の件について潔白だ。そのことを、どうか証明させてほしい」

「シドさん……」

迷いなくこちらを見つめるその金色の瞳は、ナバルによく似ている。

まっすぐなその眼差しに、ククリはこくりと緊張に喉を鳴らして頷いた。

「……分かりました」

失礼します、と小さく呟いて、シドの手に右手を伸ばす。

濃い灰色の被毛に覆われた大きな手に触れた途端、シドの心の声が頭の中に流れ込んできた。

『元族長として、誓う。俺は確かに毎年、迎えに来た人間に花嫁を引き渡してきた。少なくともその時まで、花嫁たちは無事だった。……俺に分かるのは、そこまでだ』

「……ありがとうございます、シドさん」

シドの心に一点の曇りもないことが十分伝わってきて、ククリはお礼を言って握手を解いた。

シドが潔白だった、そのこと自体にもほっとしたが、なによりも彼が自分を信じて心を預けてくれたことが嬉しい。

信用してもらえたことが嬉しくて、ありがたくてお礼を言ったククリに、シドがやわらかく目を細めて頭を振る。

「いや、礼を言うのはこちらの方だ。これまでのこと、改めて悪かった」

「いえ、そんな……」

もう気にしないで下さいと、そう続けようとしたククリだったが、その時、シドの横からリィンがククリに飛びついてくる。

「次！　次、僕だよ！」

「えっ、あっ、わ……っ」

驚いたククリの右手を、リィンが両手でぎゅっと包み込む。

『ククリくん、大好き！』

「あ……、ありがとう、リィンくん。僕も大好きだよ」

勢いに押されながらもお礼を言ったククリの元に、アロが弟妹たちと共に押し寄せてきた。

「ククリ！　次はオレな！」

「アロ兄ちゃん、ずるい！」

「私も！　私もククリくんと握手する！」

「えっ、えっ」

自分と握手するということの意味を、この仔たちはちゃんと分かっているのだろうか。

押し合いへし合いする仔狼たちに対応しきれず、目を丸くしてうろたえるククリを見て、ルイテラが苦笑して弟たちを叱ってくれる。

「こら、いっぺんに突撃しない！　一人ずつ順番だよ！　はい、並んで並んで！」

「はーい」

鮮やかに弟妹たちを並べたルイテラに、さすが……、と感嘆しかけたククリだったが、そこで仔狼たちに続いて、集まった獣人たちが列を作り出す。

もしかして彼らはこの為に集まってくれたのだろうかと気づき、目を瞠ったククリに、シドが頷いて告げる。

「……っ、もしかして……」

「ああ、そうだ。俺がククリ殿に証を立てると言ったら、集まってくれてな。急ですまないが、皆にも君の力を使ってくれないか」

「そんな……」

シドの言葉が俄《にわか》には信じられず、ククリは言葉を失ってしまった。

彼らは、ククリに心を読まれてもいいと思ってここに来てくれたのだ。

こんなにもたくさんの獣人が、真実を明らかにする為とはいえ、ククリを信用して、本心を預けようとしてくれているのだ――。

「……っ、ありがとう……！　ありがとうございます、皆さん」

並んだ獣人たちを見渡して、ククリは声を震わせた。にこにこと微笑んだり、軽く手を挙げて応えてくれる獣人たちに、胸が熱くなる。

(僕のことを、信じてくれた……。こんなにたくさんの、獣人の人たちが)

心を読まれるなんて、たとえ身の潔白を証明する為であっても躊躇うに決まっている。それなのに、ここにいる獣人たちは皆、ククリに自分の本心を明け渡してくれようとしている。

今までずっと人間を敵だと思っていた彼らが、ククリのことを、人間のことを信じようとしてくれている。そのことが、なによりも嬉しい。

「ありがとうございます、本当に……！」

涙ぐみながらもう一度お礼を言うククリに、それまで隣で見守っていたナバルが、そっと問いかけてくる。

「……大丈夫か、ククリ？　こんなにたくさんの人数の心を一度に読んだことはないだろう？」

「あ……」

ナバルの指摘に、ククリはハッと我に返る。

(そういえば……)

思い出したのは、最初にナバルに触れた時のことだ。

態に襲われそうになったナバルを庇おうとして素手で触れてしまったあの時、ナバルの思考が流れ込んでくると同時に、強い目眩を感じた。あれはおそらく、彼がまだククリに強い警戒心を抱いていて、ククリもまた、彼のことをよく知らなかったからだ。

今までまったく他人に触れてこなかったから、あくまで予想でしかないが、自分の力はどうも、相手との信頼関係次第でかなり気力や体力を消耗するものらしい。相手が自分に対して壁を作っていたり、心を開いていなかったりすると、その分こちらに負荷がかかるようなのだ。

その証拠に、ナバルがこちらをまったく警戒せずに触れてきた二度目や、なにも隠すことはないと彼から触れてきた三度目には、目眩は起きなかった。

もちろん、先ほどのシドのように完全にククリを信頼してくれていたり、もしくはリィンのように邪心のない仔狼なら、おそらくなにも問題はないだろう。だが、列に並んでいる獣人たちには、ククリがまったく話したことがない相手も多い。

ククリ自身、彼らの人となりをまだよく知らないし、いくら心を読まれてもいいと思って集まってくれたとはいえ、全員が全員、ナバルやシドのようにククリのことを全面的に信頼してくれるのは難しいだろう――。

考え込んでしまったククリを見て、ナバルが低く唸る。

「やはり、何人かずつに分けることにしよう。遠方の者だけ残して、後の者は今日のところは帰らせて……」

「っ、待って下さい、ナバルさん。大丈夫です」

早速指示を出そうとしたナバルを、ククリは慌てて遮った。ナバルが表情を曇らせる。

「ククリ、だが……」

「大丈夫です。せっかく皆さんが集まってくれたんですから」

安心させるように微笑みかけて、ククリは並んだ獣人たちに視線を戻した。

ここにいる獣人たちは皆、自分を信じて集まってくれたのだ。

それなら、自分もその気持ちに応えたい。

(……まずは僕が、皆のことを信じないと)

よし、と覚悟を決めたククリだったが、その時、目の前の空間にどこからともなくふわりと、小さな火の玉が現れる。

「メラ！」

「！」

驚いて声を上げたククリに、メラがにっこり笑みを浮かべた。

「もしかして、僕が不安な気持ちになったから来てくれたの？　ありがとう」

お礼を言ったククリに、えっへんと胸を張り、メラがふわふわ近寄ってくる。猫のように額をすりすりくっつけてくるメラに目を細めたククリだったが、その時、すぐ近くでシドが愕然とした声を上げた。

「な……！　ま、まさか、大精霊様……⁉」

どうやら族長の一族である彼にも、メラの姿が見えるらしい。

他にも何人か、列に並んだ獣人たちがざわついているのを見て、ナバルが苦笑して告げた。

「実はククリの力は、大精霊様から授けられたものだ。彼は、大精霊様の加護を受けている」

「なんだって……！」

ナバルの言葉を聞いて、獣人たちがざわめく。

サッと顔つきを変えたシドが、焦った様子でナバルに詰め寄った。

「……っ、何故言わなかった、ナバル！」

「俺も途中で知ったもので。それに、ククリから口止めされていましたし」

「だからと言って、こんな重要なことを黙っているんじゃない！　最初からそうと知っていれば、俺だって……！」

「それでは意味がないから、黙っていたんじゃないですか」

揉める二人を、大丈夫かなと少し心配しながら見守っていたククリだったが、そこでメラがククリの右手にふわりと飛んでいく。

「メラ？」

どうしたのかと声をかけたククリをよそに、メラはククリの右手の周りをくるくると回り出した。

だんだんと速度を増していったメラが、パチパチと火の粉を散らす。

まるで花火のようにキラキラと輝くその火の粉が右手に降り注いだ途端、ククリは自分の思考から濁りがなくなり、心もすっきりと軽くなっていることに気づいた。

「もしかしてこれ、メラが……？」

驚くククリの顔に、メラがすいっと近寄ってくる。どう？　ときゅるりと目を輝かせて顔を覗き込んでくる小さな火の玉に、ククリは微笑んでお礼を言った。

「うん、これなら大丈夫そう。ありがとう、メラ」

「！」

ククリの謝意が伝わったのだろう。メラが嬉しそうにパチパチ火の粉を飛ばして、ご機嫌でククリの肩口の辺りに陣取る。どうやらこのまま見守っていてくれるらしい。

反対側で心配そうな表情を浮かべているナバルを見上げて、ククリは告げた。

「メラが力を貸してくれたので、大丈夫そうです。でも、万が一気分が悪くなったりしたら、ナバルさんを頼ってもいいですか」

「ああ、もちろんだ」

すかさず力強く頷いたナバルが、ククリの肩を抱いて支えてくれる。

（メラとナバルさんがいてくれるなら、大丈夫だ）

安心して、ククリは待ってくれていたアロに改めて手を差し出した。

「お待たせ、アロくん。お帰り」

「ただいま！　リィンのこと、ありがとうな、ククリ！」

『本当に感謝してる！　オレにできることがあったらなんでも言ってくれよな！　あと、大精霊様が見守ってくれてるってすごいな！』

言葉と心の声が完全に一致しているアロに微笑んで、次々に獣人たちと握手を交わしていく。

『今まで避けていて、ごめんなさい。リィンのこと、助けてくれてありがとう』

『花嫁のことは分からないけど、オレたちも協力するよ』

『君は、オレたち獣人族と人間の架け橋となってくれる人だ。君のような人間がいるなら、手を取り合うことも夢じゃないだろう』

最初こそ少し不安だったククリだったが、獣人たちは皆、シドやアロ同様、言葉と心の声がほぼ一致していた。

自分を信頼し、心を預けてくれる獣人たちに改めて感謝しながら、ククリは一人一人と握手し続ける。

『どうか行方不明の花嫁たちが見つかりますように』

『これからもオレたち一族と族長をよろしくな』

『それにしても、花嫁たちはどこへ行ったんだろう？』

「……これで、全員……、……っ」

集まった全員と握手を終えたククリだったが、ありがとうございましたと最後の一人を見送った途端に緊張の糸が切れ、かくんと膝が崩れてしまう。

ずっとククリの肩を抱いていたナバルが、すかさずしっかりと抱きとめてくれた。

「……っ、すみません、ナバルさん」

「いや……、結局無理をさせてしまったな」

心配そうな顔をするナバルに、ククリは微笑んで頭を振った。

「少しふらついただけです。すみません、もう大丈夫です」

メラの助けもあったし、なにより獣人たちが皆ククリを信頼してくれていたおかげで、さしてダメージはない。続けて何十人もの心に触れて緊張していた反動が来ただけだ。

ありがとうございます、とお礼を言って、ククリはナバルに告げた。

「皆さんのおかげで、はっきりしました。獣人族は、花嫁が行方不明になった件には関わりがありません」

「……ああ」

一族の潔白を誰よりも確信していたのだろう。ナバルが微笑んで頷く。ナバルの隣で腕を組んだシドも、大きく頷いて言った。

「当然だ。だがそれも、ククリ殿の力がなければ証明できないことだったからな。感謝する」

「いいえ、僕だけの力ではないです。シドさんやここにいる皆さん、それにメラが協力してくれたから、確証が持てたんですから」

獣人たちが自分を信じ、メラが力を貸してくれたからこそ、疑念が晴れたのだ。そう言ったククリに、ナバルが頷きつつも唸る。

「ああ、俺からもまた改めて、皆に礼を言うつもりだ。……だがそうなると、ククリには悪いが、花嫁を迎えに来た人間を疑わざるを得ないな」

「……はい」

ナバルの言葉に、ククリは緊張しつつも頷いた。

獣人族が『白い花嫁』の行方不明に関わりがないのであれば、当然ながら疑わしいのは人間側ということになる。――だが。

「花嫁の送迎には毎年、長と護衛の他に、花嫁の親族も付き添っています。長だけでなくその親族も、迎えの場に獣人族は現れなかったと言っていました」

去年、娘が行方不明になった補佐役の言葉を思い出して、ククリはぐっと眉根を寄せた。

大切な家族の安否に関することだ。当然ながら、補佐役の言葉は事実だろう。

（だとすると、やっぱり……）

唇を引き結んだククリと、同じ考えに辿り着いたらしい。ナバルが低い声で唸る。

「ということは、こちらが花嫁を引き渡した人間は、草原の一族の者ではなかったとしか考えられないな」

「……はい。僕も、そう思います」

緊張に身を強ばらせながらも、ククリは強く頷いた。

シドの無実を確信した時から、ずっと考えていた。

人間と獣人、双方の言葉が真実であるなら、もはやそれしか考えられない。

引き渡しの場に現れた人間は、草原の一族ではなかった。

同族を装い、花嫁をさらったのだ——。

「一体、誰がこんなこと……！」

卑劣な手口に憤りを覚えたククリだったが、その時、シドが声を上げる。

「いや、待て。確かにここ数年、花嫁を迎えに来たのは草原の一族の長ではなかった。だが花嫁たちは、知っている人間だと言っていたぞ」

「え……」

驚いて目を見開いたククリに、シドは険しい顔つきで告げた。

「花嫁を迎えに来たのは、赤い髪の若い男で、頬に不思議な模様のタトゥーがあってな。長以外が迎えに来たから、俺も不思議に思って、代替わりでもしたのかと聞いたのだ。そうしたら花嫁は、長の元に出入りしている商人だと言っていた。その商人も長に頼まれて迎えに来たと言って、花嫁も納得してついて行ったぞ」

「……っ、頬にタトゥーのある、商人……」

呟いたククリに、ナバルが問いかけてくる。

「誰か分かるか？」

「……いえ。でも、長に聞けば分かると思います」

季節ごとに居住地を変えている草原の一族の元には、度々商人が品物を売りにやってくる。

ククリはビャハから一族に近づくなと言われていた為、どんな商人が来ていたのか知らないが、花嫁が顔見知りだったなら、きっと何度もやって来ている商人だろう。ビャハに特徴を伝えれば、すぐに分かるはずだ。

「僕、戻らなきゃ……！　長に話して、その商人に連絡を取ってもらわないと……！」

ようやく摑めた手がかりだ。

一刻も早くビャハに伝えて、花嫁たちの行方を追わないと、と浮き足立ったククリだったが、その時、渋い表情のナバルがククリを遮る。

「待て、ククリ。悪いが俺は、その族長が怪しいと思う」

「え……」

思いがけない一言に、ククリは動揺してしまった。

ビャハが怪しいとは、一体どういう意味だろう。

（まさか、裏で長が関わっているってこと？　商人と長が、共謀してる……？）

いくらなんでも、そんなことあるのだろうか。

仮にも長が、一族の者を売るような真似をするとは思えない。――けれど。

（……ナバルさんは、根拠もなくこんなことは言わない）

ナバルがそう思うには、必ず理由があるはずだ。

ククリはすぐにそう思い直して、ナバルに向き直った。

「どういうことでしょうか、ナバルさん。長が、商人と繋がっているということですか？」

落ち着きを取り戻したククリに頷いて、ナバルが問いかけてくる。

「ああ。おかしいと思わないか？　その商人は、何故花嫁の引き渡しの日を知っていたんだ？」

「あ……」

ナバルの指摘にハッとなったククリに、シドが唸る。

「確かに、おかしいな。花嫁を引き渡す日取りは、毎年迎え入れる時に、俺と草原の一族の長とで話し合って決めていた。もちろんこちらは、その日取り通りに花嫁を送り届けている」

そこに現れたのが商人ということは、つまり——。

「……長が、商人に引き渡しの日を教えていた……？」

辿り着いた答えに、ククリは茫然としてしまった。

（まさか……、まさか、そんな……）

一族の長が裏で仲間を売っていたなんて、信じたくない。だが、そうとしか考えられない。

おそらくビャハは、一族の他の者には嘘の日取りを伝え、その商人に密かに花嫁を迎えに行かせ、さらって売り飛ばしていたのだ——。

「……っ、ひどい……」

思わず呟いたククリに、ナバルが険しい顔つきで頷く。

「一族を預かる長がすることとは、到底思えないな。他部族の俺でさえ、反吐《へど》が出そうだ」

不愉快そうにグルルと低く喉を鳴らすナバルに、ククリは改めて頼んだ。

「ナバルさん、お願いします。僕を一度、一族の元に帰して下さい。皆にこのことを伝えて、長から花嫁の行方を聞き出さないと……！」

自分は本来ならまだ、『白い花嫁』としてここにいなければならない身だ。勝手を言って申し訳ないけれど、それでもどうしても今は一族の元に戻らなければならない。

(ナバルさんならきっと、分かってくれる)

そう思ったククリだったが、ナバルの答えは意外なものだった。

「……分かった。それなら、俺も一緒に行く」

「え……」

目を瞠ったククリに、ナバルが肩をすくめて言う。

「当然だろう。危険があると分かっていて番を一人で行かせるなど、あり得ないことだ」

「……っ、ナバルさん、駄目です、そんなこと言ったら……っ」

獣人族の前で堂々と自分を番と呼んだナバルに焦ってしまったククリだったが、周囲の反応は予想だにしないものだった。

「？　なにを慌てているんだい、ククリ？」

首を傾げたルイテラに心底不思議そうに聞かれて、ククリは言葉に迷う。

「え……？　ええと……」

（もしかして聞こえてなかった？）

それなら今は誤魔化した方がいいかと思いかけたククリはしかし、続くルイテラの言葉にぎょっとしてしまった。

「ああ、そうか。ククリは人間だから、気づいてなかったんだね。あのね、ククリ。今のあんたからは、ナバルの匂いがプンプンしてるんだよ」

「……え⁉」

どういうことかと大きく瞬きしたククリに、ルイテラが苦笑して説明してくれる。

「あたしらは嗅覚が鋭いからね。昨夜は赤い満月だったし、あんたがナバルの番になったことは、皆もうとっくに気づいてるさ」

おめでとうと、ほんの少しからかうような声で祝われて、ククリは茫然としてしまった。

（もしかして、だから架け橋とか言われたの……？）

そういえば途中途中、族長をよろしくというようなことを思っていた獣人がいた。てっきりあれは、人間と獣人が手を取り合えるよう尽力してほしいという意味だとばかり思っていたが、まさかそういう意味だったのか。

（じゃ……、じゃあまさかここにいる全員に、僕が昨日ナバルさんとむ……、結ばれたって、知られてるってこと⁉）

ルイテラの口振りからすると、おそらくそういうことなのだろう。

まさか匂いで知れ渡ってしまうなんてと、カーッと羞恥に顔を赤くしたククリに、シドが少し複雑そうな表情で言う。

「正直、族長の番が別の種族の男というのは考えものではあるが、まあククリ殿ならば皆も納得するだろう。それに、運命《さだめ》の対《つい》として結ばれたからにはもう、引き離すことはできんしな」

「……どういうことですか？　運命の対？」

一体それはなんなのかと聞き返したククリに、ルイテラがサラリと答える。

「あたしら獣人は、誰かを深く愛すると赤い満月《オラーン・サラン》の夜に発情する。でもそれは、誰にでも起こることじゃなくてね。本当に稀で、奇跡に近いことなんだ。だから、赤い満月の絆で結ばれた二人は運命の対と呼ばれて、皆から祝福されるんだよ」

「……運命の対は、引き離すことはできない」

ルイテラの言葉を引き取ったのは、シドだった。両腕を組み、ククリを見据えて続ける。

「オラーン・サランの発情は、ある意味呪いでもある。愛する相手と結ばれない限り、苦しみ続けるからな。だから、運命の対の番を失った者は……」

「……叔父上」

しかしそこで、ナバルがシドを遮る。強い視線で、それ以上は言わないでくれとシドに訴えているナバルに気づいて、ククリは嫌な予感がした。

「ナバルさん、どういうことですか？　番を失った獣人は、どうなるんですか？」

「それは……」

「教えて下さい、ナバルさん」

呪いだと、シドは先ほどそう言った。

愛する相手と結ばれない限り、苦しみ続けると。

（……昨夜のナバルさん、普通じゃなかった）

ククリが彼の想いを受け入れたことで苦しみはだいぶやわらいだようだったが、その前は床を掻き毟《むし》るほど苦しんでいたのだ。

（多分ナバルさんは、あの部屋の惨状を僕に見せたくなくて、僕が寝ている間に屋敷に連れて帰ったんだ）

運命の対についても、ナバルは詳しく自分に教えてくれていなかった。

それはつまり――。

「……ナバルさん」

頑なに口を閉ざし続けている恋人に、ククリはもう一度声をかけた。

ふう、と降参とばかりに息をついて、ナバルが白状する。

「……オラーン・サラン発情を何度も一人で耐えようとすると、苦しみのあまり狂う者もいる、と言われている」

「……っ」

「あくまでも、そういう者もいる、というだけの話だ。もちろん、乗り越えられる者もいる」

ククリにショックを与えない為だろう、そう付け加えたナバルだったが、シドは眉間を深く寄せてククリに真実を教えてくれる。

「乗り越えられる者のほとんどは、老いて発情しなくなったり、番の死を受け入れられた者だけだ。心積もりが充分にできた者でなければ、到底乗り越えることなどできん。若くて性欲が強い手合いなら、苦しみのあまり死ぬこともあるくらいだからな」

「っ、死ぬ⁉」

「叔父上！」

衝撃的な一言に青ざめたククリをサッと抱き寄せて、ナバルがシドを責める。

俺はなにも嘘は言っていない、と憮然《ぶぜん》とするシドをよそに、ナバルはククリを強く抱きしめて、言い聞かせてきた。

「ククリ、大丈夫だ。叔父上は極端なことを言っただけだ。俺は大丈夫だから、安心しろ」

「でも……、でもナバルさん、若くて性欲が強いでしょう……？」

ショックのあまり言葉の意味をまともに考えられず、涙目でシドの言葉を繰り返したククリに、ルイテラが爆笑する。

「せ、せいよくがつよい！　ははは、確かに！　初手からそんなにしつっこく恋人に自分の匂いつけるオスは、性欲が強いに決まってるだろうね！」

「ルイテラ……」

下世話なことを言うなとげんなりしたナバルが、ククリをひょいと片腕に抱き上げる。心配のあまり涙ぐむククリを見つめて、ナバルは微笑みかけてきた。

「本当に大丈夫だから、安心してくれ。俺は君を置いて死んだりしないし、君を一人にはしない」

「……僕は、いいんです。僕のことはいいから、ナバルさんが苦しんでほしくない。ずっとずっと、長生きしてほしい……」

獣人よりずっと寿命が短い人間が願うなんて逆かもしれないが、それでも好きな人が亡くなるかもしれないなんて、考えたくもない。

昨夜苦しんでいたナバルの姿を思い出すだけで胸が痛くて、熱いものがとめどなく込み上げてきて、ククリはぎゅっとナバルの首にしがみつき、懸命に言い募った。

「もう絶対、絶対に赤い満月の夜に一人で苦しまないで下さい。必ず僕と一緒にいて下さい」

「……ああ、分かった。必ずそうする」

目を細めて頷いたナバルはどこか嬉しそうで、ちゃんとこちらの言葉を聞いているのか不安になったククリは、絶対ですよ、と何度も念押しした。

すると、それまで興味津々で大人たちの話を聞いていたアロが、ちょっと呆れた様子で言う。

「赤い満月の夜にって、ククリってば結構大胆だなあ。それ、獣人族だとめちゃくちゃ情熱的なプロポーズだぞ」

「えっ」

「まあ、番として結ばれたんだし、そもそもククリはナバル様の花嫁なんだから、今更なのかもしれないけどな」

でもチビ共にはまだ早いから目隠ししとくなー、とのんびり言いつつ弟妹たちの目元を手で隠しているアロに、ククリは真っ赤になってしまう。

「お……、降ろして下さい、ナバルさん……」

今更ながらに恥ずかしくなって頼んだククリだが、ナバルは上機嫌で笑って言う。

「たとえ君の頼みでも、それだけは聞けないな。なにせ俺は今、ものすごく嫉妬しているからな」

「嫉妬？　誰にですか？」

ナバルがヤキモチを焼くようなことがあっただろうか。きょとんと聞き返したククリに、ナバルがにっこり笑って開き直る。

「もちろん、ここにいる全員にだ。いくら信頼している里の仲間で必要なこととはいえ、結ばれたばかりの番をベタベタ触られて平気なほど、俺は心の広いオスじゃない。なにせ、若くて性欲が強いからな」

「……すみませんでした」

先ほどの言葉を当てこすられて、ククリは真っ赤になって謝った。

改めてそう言われると、ショックで茫然としていたとはいえ、自分はなんてことを口走ってしまったのだろう。

羞恥に顔を覆ってしまったククリを抱き上げたまま、ナバルが話を元に戻す。

「君は俺の大切な番だ。たとえ君の一族の元とはいえ、一人で危険な場所に向かわせることはできない。俺も一緒に行くが、いいな？」

「それは……、でも、ナバルさんの姿はその、草原の一族では目立つと思うので……」

ククリとしてもナバルに一緒に来てもらえたら心強いが、草原の一族は獣人を見たことがない人たちがほとんどだ。いきなりナバルが現れたら騒ぎになって、ビャハに気づかれてしまうだろう。

言い淀《よど》んだククリだったが、ナバルは首を傾げて告げる。

「ん？　言っていなかったか？　俺たち獣人は、人間の姿にもなれるんだが……」

「え……、……っ」

驚いたククリの目の前で、ナバルがゆっくりと瞬きをする。

——次の瞬間、ナバルの金色の瞳がキラリと光り、豊かなその被毛がぶわりと膨れ上がった。

降り注ぐ陽光に煌めいた白銀の被毛が、勢いよくサーッと宙に散っていく。

まるで強い風に煽《あお》られた吹雪のように、満開の花から一斉に散る花びらのように被毛が霧散したその後には、なめらかな肌を持つ美丈夫がいた。

人間の姿に変わっても、ククリをしっかりと揺るぎなく抱える太い両腕。

獣人の時より幾分低くなってはいるものの、充分に高い背。逞しく鍛え上げられたその体は、衣装も相まって、被毛があった時よりも露出が高い印象を受ける。

ビーズの髪飾りが揺れる美しい銀の髪に、彫りの深い端整な顔立ち。スッと筋の通った高い鼻と、やわらかな弧を描く少し厚みのある唇。

どこまでも優しい眼差しでこちらを見つめている、金色の瞳。

強い光を放つその瞳は、まるで太陽のようにキラキラと煌めいていて――。

「……っ、ナバル、さん……？」

目の前の美しい男性が本当にナバルなのか、姿が変わる瞬間を見ていても俄には信じられず、ククリはまじまじとナバルを見つめてしまう。

ふっと笑みを深くしたナバルが、いつもと同じ低くなめらかな声で言った。

「ああ、俺だ。どうだ、こっちの姿は？」

「……これはこれで、騒ぎになるかもしれません……」

唸ったククリに、ナバルがきょとんとする。

「騒ぎに？　何故だ？　ちゃんと人間の姿だろう？」

「うーん……」

己の美貌をまるで分かっていなさそうなその表情に、ククリは呻いてしまう。

（とりあえず、服はもっと着てほしいな……）

寒そうだし、なにより目のやり場に困る。

触れ合う素肌にちょっとドギマギしながら、ククリはさてどう説明したものかと苦笑を零したのだった。


日暮れを待って訪れた草原の一族の営地には、見慣れたゲルがいくつも建っていた。少し離れた茂みから様子を窺いつつ、ククリはその中の一つを指さして小声で告げる。

「あれが、補佐役のオダイさんのゲルです」

「分かるのか？　俺には全部同じに見えるが……」

ククリの隣で大きな体を縮こまらせて、ナバルが唸る。人間姿になってもかなり大柄な彼が、一生懸命小さくなろうとしている姿に、思わずフフッと笑ってしまいつつ、ククリは頷いた。

「僕の一族では、各家によってゲルの入り口脇の飾りが決まっているんです。オダイさんの家は、鷹の羽根飾りなので。ほら、隣はフクロウの羽根飾りでしょう？」

「……この距離でその見分けがつくなんて、君は相当目がいいんだな」

深く被った外套《がいとう》のフードの奥で目を眇めたナバルは、どうやら人間姿だと視力や嗅覚などの五感は並の人間より多少鋭いくらいになってしまうらしい。

「草原の一族は皆、目がいいんです。遠くまで羊を放牧させたりしますから」

心なしかどこか悔しそうなナバルに苦笑して、ククリは念押しした。

「この時間なら出歩く人は少ないとは思いますが、もし途中で誰かと出くわしても、絶対にフードは取らないで下さい」

人間姿のナバルを見て、すぐに正体が獣人だと気づくとは思えないが、それでも銀髪に金色の瞳なんて、普通の人間ではあり得ない。万が一の為にもと言ったククリに、ナバルも頷く。

「ああ、分かった。……そろそろ行こう」

「はい」

茂みから出た二人は、足音を殺して林立するゲルの間を進んでいった。他のゲルにはなるべく近寄らないよう距離を取りつつ、補佐役のオダイのゲルを目指す。

(どうか見つかりませんように……！)

ナバルはもちろんだが、自分も誰かに見つかると厄介だ。なにせ『白い花嫁』に選ばれたのに、一族を裏切って逃げ出したのだから。

心臓が飛び出そうなほど緊張しながら進んだククリだったが、夕食時の時間帯を狙ったのが幸いしたのだろう。誰にも会うことなく、どうにかオダイのゲルまで辿り着く。

ほっと息をついたククリは、天幕の入り口でそっと声をかけた。

「……オダイさん、いらっしゃいますか？　僕です、ククリです」

「……っ、ククリ⁉」

驚く声と共に、慌てた様子で中からオダイが出てくる。ククリを見るなり、オダイはほっと笑みを浮かべた。

「無事だったのか……！　よかった、一体どうしているかと心配していたんだよ」

「黙って逃げ出したりして、申し訳ありません。オダイさんからは、娘さんのことも頼まれていたのに……」

オダイの後ろにいる、彼の妻にもすみませんと謝ったククリに、オダイが頭を振る。

「君はツィセの身代わりで人質になったんだ。逃げたのは賢明な判断だよ」

気にしないで、と言ったオダイが、そこでククリの後ろに立つナバルに気づく。

「ククリ、そちらは？」

「……獣人族のナバルさんです」

振り返ったククリの紹介で、ナバルがフードを取る。現れた銀髪の男に、オダイの妻が大きく息を呑んだ。

「獣人族……⁉」

「……なにか事情がありそうだね。二人とも、中に入って」

ちらりと妻を見やったオダイが、ククリとナバルを招き入れてくれる。ありがとうございますとお礼を言って、ククリはナバルと共にオダイのゲルに足を踏み入れた。

「寒かっただろう。さあ、こっちへ」

中央にあるストーブのおかげで、ゲルの中はぽかぽかとほどよくあたためられている。ストーブの近くの円座を勧められ、そこに腰を下ろしたククリとナバルは、オダイの妻からお茶を受け取ってお礼を言った。

「ありがとうございます」

「いいえ。……ねえククリくん、本当にこちらの方がその……、獣人なの？」

ナバルと出会う前のククリ同様、獣人に恐怖心を抱いているのだろう。おそるおそる聞くオダイの妻に、ククリは頷く。

「はい。……ナバルさん、お願いできますか」

「ああ」

ククリが声をかけると、ナバルがゆっくりと一つ瞬きをする。

途端、彼のなめらかな肌は、サーッと白銀の被毛に覆われていった。

降り積もる真っ白な雪のように美しい被毛が、瞬く間にナバルの全身を覆い尽くす。それに伴って、彼の骨格も人間のものから大きく変化し始めた。

突き出た鼻、大きな口からは鋭い牙が覗き、その頭には三角の耳が現れる――。

「……改めて、俺が獣人族の族長、ナバルだ」

名乗ったナバルに、オダイの妻がサッと青ざめる。

「族長……、っ、じゃあ、あなたがサーニャを……！」

「……落ち着きなさい」

去年、花嫁に選ばれ、行方不明となった娘について、族長であるナバルが関わっていると思ったのだろう。今しもナバルを糾弾しそうな妻を、オダイがなだめる。

「獣人族の族長は、今年から代替わりしたそうだ。そうですね、ナバルさん」

「ああ。すまないが、俺は去年の『白い花嫁』についてはなにも知らない」

頷いたナバルが、オダイの妻を見据えて言う。そんな、と絶望の表情を浮かべる彼女に、ククリは急いで告げた。

「でも、サーニャさんたちの行方が分かりそうなんです。僕たちはそれで来て……」

「……っ、どういうことだい？」

さすがに娘の行方が分かるかもしれないとなれば、平静ではいられないのだろう。息を呑み、身を乗り出したオダイに、ククリは手短にこれまでの経緯を話した。

「引き渡しの場所に着く前に逃げた僕は、熊に襲われたところをナバルさんに助けられたんです。それで、色々あって獣人族の皆さんと打ち解けて……。それで今日、全員の心を読ませてもらいました」

「全員⁉」

ぎょっとして目を見開いたオダイに、ナバルが告げる。

「ククリは、獣人族の子供の命を救ってくれたんだ。それで、それまで人間を嫌っていた者たちも考えを改めた。ククリのような人間がいるなら、歩み寄ることもできるかもしれない、とな」

「……っ、獣人族が……」

まさか強者である獣人族が、そんなことを考えるなど思ってもみなかったようで、オダイはそう呻いたきり黙り込んでしまう。

ククリはじっと彼を見据えて話を続けた。

「獣人族は、誰一人として花嫁の件には関わっていません。彼らは約束通り、指定の日に花嫁を送り出していました。でも、そこに現れたのは、長ではなかったそうです」

「長では、なかった？　ククリ、それは一体どういう……、……っ」

聞き返したオダイが、途中でハッとしたように息を呑む。

「まさか……」

「……その、まさかです。花嫁たちは、迎えに来た者は、長の元に出入りしている商人だと言っていたそうです。つまり、長は僕たちに嘘の日付を伝え、商人だけに本当の日付を伝えて迎えに行かせていたんです。花嫁たちをさらわせる為に……！」

ぐっと拳を握りしめ、語気を強めて告げたククリに、オダイと妻が大きく目を瞠る。無言の後、先に震える声を上げたのは、妻の方だった。

「そ、んな……、じゃ、じゃあサーニャは……、サーニャをさらったのは……っ」

「長に手引きされた商人で間違いないだろう。……っ、ビャハめ……！」

悔しげに唸ったオダイが、ワッと泣き出した妻の肩を抱きしめる。

険しい表情で唇を噛みしめるオダイをまっすぐ見つめて、ククリは告げた。

「……長をこのままにはしておけません。オダイさん、一緒にビャハを捕まえましょう。捕まえさえすれば、僕の力で商人たちの居場所も、サーニャさんたちがどこに売られたかも分かります」

ずっと、こんな力、あったってなんの役にも立たないと思っていた。

こんな力があるから、自分は誰からも避けられ、嫌われる。

誰にも近寄れない、誰にも触れることができないのは全部この力のせいだと、そう思っていた。

——でも。

(父さんも母さんも、僕のことをずっと信じ続けてくれていた。いつかきっと人を助けることができるって、そう思ってくれていたのは、僕の力を信じてのことじゃなかったんだ。僕がそういう人間になれるって、誰かを助ける人間になれるって、二人はそう信じてくれていたんだ)

ようやく気づくことができた両親の真意に、ククリは顔を上げた。

力は、ただそこにあるだけだ。

肝心なのは、それをどう使うか、自分がどういう人間になるかだったのだ——。

「……僕が必ず、突きとめます」

オダイと妻を見つめて、ククリは約束する。

「この力で、必ずサーニャさんたちの居場所を……」

──その時だった。

「……っ、全員伏せろ！」

ぴくっと被毛に覆われた耳を震わせたナバルが、そう叫ぶなりその大きな腕で勢いよく三人を床に引き倒す。

驚いたククリの頭上を、なにかがビュッと飛んで行った。

「な……っ⁉」

「矢だ！　下がれ、二波が来る！」

叫んだナバルが、躊躇うことなく部屋の隅に走り、寝台を凄まじい膂力《りょりょく》で持ち上げて、三人の前に放り投げる。開け放たれた入り口から飛んできた矢がドドドッと寝台に突き刺さるのを見て、ククリは慌ててオダイたちを寝台の陰の中央へと誘導した。

「こっちです、早く！」

「……っ、一体誰が……！」

妻を庇いつつ移動したオダイの呻きに、ナバルが鼻の頭に皺を寄せて答える。

「……嗅ぎ慣れない匂いがする。おそらく異国の方術の匂いだ」

「っ、さっき見えた矢も、氷みたいに透明で、すぐに消えてなくなりました」

ククリがそう告げると同時に、またドドドッと矢が寝台に突き刺さる。裏から寝台を支えるナバルの陰で、震えるオダイと妻を背に庇ったククリだったが、その時、ゲルの入り口から聞き慣れない男の声がした。

「おや、手応えがあったと思ったのですが……。すみませんね、ビャハ様。どうやら防がれてしまったようです」

歌うような声に続いて、ビャハの低い唸り声が聞こえてくる。

「この役立たずが……！　一発で仕留めろと言っただろう……！」

「いやあ、面目ない。ですが、獣人相手に気づかれないよう近寄るだけでも、結構骨が折れるものなんですよ」

笑みの滲む声はしかし、どこか不気味で得体が知れない。

そっと寝台の陰から顔を出したククリは、ビャハの前に立つ男を見て、思わず息を呑んだ。

「……っ、タトゥー……」

その男は、頬に幾何学《きかがく》模様のようなタトゥーがあったのだ。赤い髪の若い男という特徴も、一致している。

おそらくあの男が、花嫁たちを迎えに来た商人だ——。

「……っ、ナバルさん、あの男……」

すぐに小声でナバルに伝えようとしたククリだが、どうやらすでにナバルも相手を確認していたらしい。頷いて言う。

「ああ、あいつが例の商人で間違いないだろう。だが、方術を使えるところを見ると、商人というのも偽りだろうな。おそらくあいつは、方術使いだ」

「……聞いたことがあります。人間の中にも、方術を使える一族がいるって……」

方術は基本的に獣人にしか使えず、種族によって得手不得手がある。ナバルの一族はどうやら方術は不得手なようで、里にいる時も方術を使っている者は誰もいなかった。

(まさか方術使いがいるなんて……)

方術使いは、一人で百の兵にも勝ると言われている。まさかビャハがそんな相手を味方につけていたなんてと唇を引き結んだククリに、オダイが唸る。

「……っ、きっとビャハは、このゲルを見張っていたんだ。サーニャのことで、さんざん言い争っていたから……」

どうやらビャハは自分と反目する補佐役のオダイを警戒して、密かに見張っていたらしい。

先ほど方術使いは獣人と言っていたが、恐らくビャハの手下がナバルの特徴を伝え、人間ではないと見抜いたのだろう。ククリが獣人と共にオダイの元を訪れたと知り、急襲をかけてきたのだ。

(僕たちのせいで、オダイさんたちに危険が及んでしまったんだ。どうにかして、二人を逃がさないと……)

責任を感じて黙り込んだククリだったが、それはナバルも同じだったらしい。相手の様子を窺いつつ、小声で告げる。

「俺があいつを引きつける。その間に逃げろ」

「そんな……、逃げるなんて、どこから……」

おろおろと言うオダイの妻に、ククリは申し出る。

「僕が天幕を裂きます。オダイさん、近くにナイフか包丁は……」

ナバルが隙を作ってくれる間に自分が二人を逃がすしかないと、そう思ったククリだったが、その時、不意にすぐ近くで声が響く。

「なにをこそこそ相談しているんですか？」

「……っ！」

驚いて息を呑んだククリの目の前で、方術使いがニタア、と嫌な笑みを浮かべる。おそらくなにか術を使ったのだろう、一瞬で距離を詰められて反応が遅れたククリに、方術使いがその手を翳《かざ》して呪文を唱えた。

「ククリ！」

すぐさま身を翻したナバルが、ククリに手を伸ばす。だが、ナバルの手がククリに届くより早く、方術使いの手に急速に真っ黒な靄《もや》のようなものが集まって──。

「……終わりです」

勝ちを確信した方術使いが、ニヤッと笑う。

思わず目を見開いたククリだったが、その時、視界の端でパチパチッと橙色のなにかが弾けた。

「っ、メラ！」

叫んだ瞬間、ククリの目の前でメラが大きく体を膨れ上がらせる。

ククリに向かって放たれた黒い靄を、まるで吸い込むようにその炎の中にすべて取り込んで、メラはキッと方術使いを睨んだ。

「な……！」

「こっちだ！」

驚いた方術使いが怯んだ隙に、ナバルがククリとオダイたちをゲルの奥に誘導する。

その鋭い爪で天幕を一気に引き裂いたナバルに促されて、ククリたちは外に飛び出た。

——しかし。

「……っ、いたぞ！　本当に獣人だ……！　ククリもいる！」

「見損なったぞ、オダイ！　一族を見捨てて逃げた裏切り者を匿《かくま》うなんて……！」

「花嫁の仇だ！　獣人を殺せ！」

いつの間にか、ゲルの周囲には草原の一族が集まっていた。松明《たいまつ》を手にした彼らに取り囲まれ、ククリは慌ててナバルを背に庇う。

「ち……っ、違います！　花嫁をさらったのは長です！　獣人は潔白です！」

「そ、そうだ！　ククリはそれを伝えに戻って来たんだ！　獣人はなにもしていない……！」

必死に訴えるオダイだが、集まった人々は険しい表情でこちらに迫ってくる。

「嘘をつくな！　花嫁は獣人に喰われてしまったと、長がはっきり言っていたぞ！」

「オダイ、お前どうして獣人を庇うんだ！　まさかお前、裏で獣人族と繋がっていて、自分だけ娘を逃がしたんじゃないだろうな……！」

「……っ、違う！　私はそんなこと……っ」

疑惑の目を向けられたオダイが、おろおろと否定する。しかし松明を手にした一同は、すっかり疑心暗鬼になっている様子で、口々にオダイを責め立てた。

「違うと言うなら、何故ここに獣人がいるんだ！」

「お前もククリも、獣人族とグルだったんだろう！」

「ち……、違う……、そうじゃない、違う……！」

すっかり気が動転してしまっているオダイを背に庇って、ククリは懸命に訴えた。

「っ、聞いて下さい！　花嫁をさらったのは、獣人族ではありません！　長の雇ったあの方術使いが、花嫁を売り払って……！」

「……証拠はどこにある」

ククリを遮ったのは、ビャハだった。

ゲルの入り口から回ってきたのだろう。その背後には、先ほどの方術使いもいる。

メラはすでに逃げたのか、どこにも姿がなかった。

「私が花嫁を売った？　あり得ない。長である私が、大切な一族の娘を売るわけがないだろう」

「……っ、ビャハ……」

のうのうとシラを切るビャハを睨んで、ククリは唸る。

「僕は、獣人族全員の心を読みました。獣人族の無実は、僕が保証します……！」

「お前の言葉など、誰が信じる」

フンと鼻で笑って、ビャハが言う。

「妙な能力を持っていたところで、お前が真実を告げるとは限らんではないか。そもそもお前は、一族を恨んでいるはずだ。一族を陥れようと、嘘をついているに決まっている……！」

「ククリを侮辱するな！」

ビャハを一喝したのは、ナバルだった。大音声《だいおんじょう》に怯んだ一同をギロリと見渡し、低い唸り混じりに告げる。

「ククリはお前たちを恨んでなどいない。お前たちが彼にどんな仕打ちをしたかは知らないが、彼は一族の中には自分を助けてくれる者もいたからと、懸命に花嫁の行方を調べていたんだ。花嫁たちも昔からよく知っている者ばかりだから、と」

ナバルの言葉に、集まっていた草原の一族の者たちがバツの悪そうな表情になる。チラチラと顔を見合わせる彼らに、ナバルが厳しい口調で続けた。

「種族の違う俺たちでさえ、ククリが嘘をつくような人間ではないと分かるというのに、何故同じ人間であるお前たちが分からないんだ。何故お前たちは、彼の言葉に耳を傾けられないんだ……！」

「……ナバルさん。ありがとうございます」

自分の為に怒ってくれたナバルにお礼を言って、ククリは前に進み出た。

ずっと人目を避けていたから注目されることは苦手だし、先ほどのように迫られたらと思うと怖くてたまらない。けれど、ナバルがいてくれると思うだけで、自然と顔がまっすぐ前を向いた。

「どうか聞いて下さい、皆さん。僕は、獣人族の全員の心を読ませてもらいました。獣人族に、花嫁をさらった人はいません。そして、花嫁を迎えに来たのは長ではなく、そこにいる商人……、いいえ、方術使いだということが分かりました」

ククリの言葉に、人々が一斉にビャハと方術使いの方を向く。

「……どういうことだ？」

「俺は去年、護衛で長と一緒に花嫁を迎えに行ったが、あんな奴は一緒じゃなかったぞ」

ざわめく一同に、ビャハがサッと顔つきを変え、焦ったように喚《わめ》く。

「で……っ、でたらめだ！　そいつの言うことは全部でたらめで……！」

「なら、僕にあなたの心を読ませて下さい」

ビャハに向き直って、ククリはきっぱりと言った。

「でたらめかどうか、皆さんに判断してもらいましょう。あなたの考えていることを全部、僕が皆さんに伝えます。信じるかどうかは、皆さんに委ねます」

「……っ」

手袋を外して歩み寄るククリに、ビャハがくっと唇を噛む。――と、次の瞬間。

「ククリ！」

突然声を上げたナバルが、ククリに駆け寄ってくる。その太い腕でククリを背後から抱えたナバルが横に飛んだと同時に、雪の積もった地面から真っ黒な獣が飛び出してきた。

おそらくククリを狙ったのだろう、鋭い爪が空を切る――。

「……っ！」

「っ、魔獣だ……！　方術で召還されたんだ……！」

ナバルが唸る間にも、ぬらり、ぬらりと地面から次々に魔獣が出てくる。

牙を剥いて唸り続ける魔獣たちを、翳した手で操りながら、方術使いが気怠げにビャハに声をかけた。

「もう面倒だから全員殺していいですか、ビャハ様？」

「…………」

「この子たちも、二年もお預けでお腹がすいているようですし。ねえ？」

方術使いの一言に、ククリは思わず目を見開いた。

「……二年？」

二年前、ククリの両親は野犬に噛み殺された。

まさか、と息を呑んだククリに、方術使いがニイ、と笑みを浮かべる。

「ああ、そうそう。確か君のご両親でしたね。二年前、君のご両親は真実を確かめると言って、獣人族の元に向かおうとなさってましてね。そんなことをされたら非常に困るので、やめて下さいと申し上げたのですが、聞き入れていただけず……。仕方なく、ええ、本当に仕方なく、この子たちの餌になっていただいたんです」

「……っ、な……」

明かされた真実に、ククリは言葉を失ってしまう。

両親は事故ではなく、この男に殺されていたのだ。

真実を、獣人族の無実を確かめようとして、魔獣に襲われていたのだ——。

「ククリの両親が……？」

「そんな、じゃあやっぱり長が……」

ざわめく一同に、ビャハがチッと舌打ちする。

「余計なことを言いおって……。仕方がない、こうなったらもう、全員殺してしまえ」

「ええ、喜んで」

にこ、と微笑んだ方術使いが、スッと表情を消し、魔獣たちに命じる。

「……やれ。一人残らず、喰い殺してしまえ……！」

「っ、させるか……！」

唸ったナバルが、飛びかかってきた魔獣の鼻先をその大きな手で鷲掴みにし、ブンと遠くへ放り投げる。

ククリは楽しげに見守っている方術使いを睨みつつ、手近にあった雪かき用のスコップで襲いかかってきた魔獣の鼻っ面を思い切り殴った。

「この……！」

「ククリ、下がれ！」

別の魔獣がククリに突進するのを見て、ナバルがその前に立ちふさがる。

勢いよく駆けてきた魔獣をひらりとかわしたナバルは、その鋭い爪を魔獣の首筋に突き立てた。だが、時を置かず次々に魔獣が襲いかかってくる。

「ナバルさん……！」

いくらナバルが強くても、あまりにも数が違いすぎる。

魔獣に襲われ、必死に抵抗する里の人たちの悲鳴が渦巻く中、ククリが懸命にスコップを振り上げた、その時だった。

「ナバル！　ククリ！」

突如、凛とした声がその場に響き渡る。

営地に並ぶゲルの間を抜けて駆け寄ってきたのは、武装した獣人たちを引き連れた女戦士、ルイテラだった。

どうやらメラが彼らを案内してくれたらしく、ルイテラの前では怒りで真っ赤に燃えた火の玉が激しく揺れている。

「……っ、ルイテラさん……！　どうして……！」

メラがいたとしても、里からここまでは距離がある。何故こんなに早く、と驚いたククリに、ルイテラが叫ぶ。

「あんたたちが出発した後、シド様から念のために追いかけろって命じられてね！　間に合ってよかった！　受け取りな、ナバル！」

大きく振りかぶったルイテラが、ナバルめがけてなにかをブンと投げる。

ヒュンヒュンと勢いよく回転しつつ飛んできたそれは、ナバルの愛槍だった。

「……っ、助かった！」

パシッと柄を摑んだナバルが、一声吼《ほ》えるなり槍で周囲の魔獣たちを一掃する。ギャンッと弾け飛んだ魔獣たちには目もくれず、ナバルはルイテラたちに命じた。

「敵はその男二人だ！　狼の誇りにかけて、草原の一族を守れ！」

「応……！」

ビーズ飾りを揺らした戦士たちが、力強く呼応し、次々に魔獣を打ち倒していく。精鋭の獣人たちと、虚無から生まれた紛《まが》い物の力の差は歴然で、禍々《まがまが》しい魔獣たちはあっという間に消失していった。

不利を悟ったのだろう、くっと唇を嚙んだ方術使いが、ジリッと後ずさった。

「……っ！」

「……逃がすか」

踵を返そうとした方術使いの背後に忍び寄ったヤミが、その喉元に短剣を突きつける。

「お前には、サーニャの居所を吐いてもらう……！」

「ふん、たとえ獣人でも、方術使いをそう簡単に捕らえられるなど……」

術を使って逃れようとしたのだろう。呪文を唱えかけた方術使いの耳元で、ヤミが素早く術を唱える。

途端、方術使いの口元に紫色の靄が現れ、彼の呪文を吸い取るなりパッと霧散した。顔色を変えた方術使いが、大きく目を見開いて驚愕する。

「っ、これは……！　まさかお前、俺の術を封じたのか⁉　狼の一族は方術がまるで使えないはずじゃ……！」

「そうやって侮《あなど》る奴がいるから、俺は方術を覚えたんだ。お前のような奴から、一族を守る為に」

呟いたヤミが、方術使いの首元を短剣の柄でトンッと突く。

かすかな呻き声を上げて気を失った方術使いを見て、ビャハが悔しげに顔を歪めた。

「役立たずめが……！」

「……見下げた男だな」

最後の魔獣を、ドッと鋭い一突きで亡き者にして、ナバルがビャハを睨む。

「自分の役に立つか立たないか、そんな物差しで一族を量《はか》る者に、族長など務まらん！　金の為に同胞を売る者など、以《もっ》ての外《ほか》だ……！」

「ひ……！」

カッと目を見開いた白銀の狼に一喝され、腰を抜かしたビャハがその場にへたり込む。それでも往生際悪く雪の上を這って逃げようとするビャハ目がけて、ナバルが力強く槍を突き立てた。

「……っ！」

ビッとビャハの頬に赤い筋が走り、雪の下の地面に刺さった槍がビィンッと震える。

声もなく失神したビャハを静かに見下ろすククリの肩に、メラがスイッと寄ってきた。

「？　……！」

パチパチと火の粉を弾けさせ、キッと目を吊り上げて、もっとこらしめようかとばかりにビャハとククリを交互に見るメラに、ククリは小さく頭を振った。

「……ううん、今はいいよ。ありがとう、メラ」

両親の仇だが、まずはさらわれた花嫁たちの行方を追うことが優先だ。

復讐心をぐっと堪えて言ったククリに、ナバルが歩み寄ってくる。

「……ククリ」

固く握りしめたククリの右手を、被毛に覆われた大きな手がそっと包み込む。

温もりと共に伝わってくる優しい心遣いに、ククリはくっと唇を引き結んで拳を解き、しっかりとナバルと手を繋いだ。

白い吐息が、夜に溶けていく。

雪解けの春はまだ遠く、けれど確かに近づいていた——。


ククリがナバルと共に獣人の里に帰ってきたのは、騒動から三日後のことだった。

「お帰りなさい、ナバル様！　ククリ！」

出迎えてくれたアロに、ナバルが頷いて荷物を渡す。

「ああ、長らく留守にして悪かった。それは草原の一族からの土産《みやげ》だ」

「本当だ！　人間の匂いがする！」

くんくんと匂いを嗅いで言うアロに苦笑して、ククリも持たされた土産をアロに預ける。

「ただいま、アロくん。これもお土産だよ。草原の一族特製のチーズ、いっぱいもらってきたから、よかったら今度リィンくんにも持っていってあげて」

栄養価の高いチーズは、療養中のリィンにぴったりだろう。そう言ったククリに、アロがパッと顔を輝かせて頷く。

「うん、ありがとう！　リィン、チーズ大好きだから、きっと喜ぶよ！」

美味しそう、とやっぱりくんくん匂いを嗅ぐアロに微笑んで、ククリはほっと息をついた。

騒動の後、ククリはナバルと共にビャハと方術使いの尋問を行った。二人ともなかなか口を割らなかったが、ククリの力の前では自発的に喋るかどうかは関係ない。

質問されて、その答えを心の中で思い浮かべないでいられる人間などいるはずもなく、花嫁たちが売られた先はククリの力で簡単に判明した。

無理矢理心の声を聞いた為、消耗が激しく体調を崩しかけたククリだったが、すぐにメラが現れて手助けしてくれて事なきを得たし、驚いたことにメラはその場で分裂して、花嫁たちの売られた先へと導こうとしてくれた。

メラはどうやら、この件が片づかなければククリがまた無理をすると思ったらしい。方術使いと戦った時、メラは獣人たち皆に姿を見せていたらしく、今回も草原の一族には姿が見えないままだったが、獣人たちには見えていた。

すぐに草原の一族と獣人とで隊を組み、メラの先導でそれぞれ花嫁を取り戻しに向かった為、おそらく早々に彼女たちを保護することができるだろう。

(……早く、助け出せるといいな)

後のことは任せてくれとオダイに言われた為、いったん獣人の里に戻ってきたが、また進展があったら草原の一族の元に赴くことになる。

しばらくは体を休めておこうと思ったククリに、アロが声をかけてくる。

「歩き通しで疲れただろ？　風呂の用意してあるから入ってこいよ、ククリ」

「あ……、それならナバルさんから先に……」

草原の一族の営地からここまで、ククリはほとんどナバルに抱き上げられて運んでもらっていた。さすがに里の近くで降ろしてはもらったけれど、それも散々頼み込んでようやくといった有様で、森の中ではまったく降ろしてもらえなかったし、手袋も取り上げられたままだったのだ。

（触れてる間、ナバルさんずっと嬉しそうで、全然疲れてなさそうではあったけど……、でも、久しぶりに帰ってきたんだし、ゆっくりしてもらいたい）

自分は疲れていないし、先にナバルに疲れを癒してもらいたいと思ったククリだったが、そう言った途端、ナバルがククリをまた片腕で抱き上げる。

「えっ、ちょ……っ、ナバルさん!?」

慌てたククリに、ナバルが目を細めて言う。

「それなら、せっかくだから二人で湯をもらおう。ゆっくりしたいから、しばらく誰も近づけないでくれるか、アロ」

「はーい」

お土産の山を抱えたまま、アロがやれやれと言った様子で答える。

そのままずんずんと風呂場に進み出したナバルに、ククリは焦って抗議した。

「ま、待って下さい、ナバルさん！　ゆっくりしたいなら、一人で入った方が……！」

「俺は君と二人がいい」

にっこり笑ったナバルが、ぽいっとククリの右手の手袋を放り捨てる。

さっきようやく返してもらったばかりだったのにと唖然《あぜん》とするククリの頭の中に、ナバルの心の声が直接流れ込んできた。

『花嫁の件でずっと気を張って、疲れただろうからな。せっかくだから、背中を流してやりたい』

「ナバルさん……」

優しいナバルの気遣いにジーンと嬉しくなったククリだったが、そのまま肩に手を置いていると、だんだん雲行きが怪しくなっていく。

『それに風呂なら、洗ってやるという大義名分があるからな』

「……ん？」

『やっと二人きりになれたんだ。早く隅々まで可愛がってやりたい』

「……っ、ナバルさん！」

聞こえてきたとんでもない本音に、ククリは真っ赤に茹で上がってしまった。

「なに……っ、なに考えてるんですか、もう！」

ぎゅううっと思い切り肩を押して抗議するククリの遠慮のない仕草に、むしろ嬉しそうに笑って、ナバルが脱衣場の扉を片手で開ける。

「しまった、バレたか」

「最初から僕に隠すつもりないくせに！」

「それはそうなんだが」

おかしそうに笑いつつ、ナバルがククリを床に降ろす。しっかり扉を背にして逃げ道を塞いでいる恋人に、ククリはふうと息をついて自分から服を脱ぎ始めた。

ククリの行動が予想外だったのだろう、ナバルがきょとんとする。

「ククリ？」

「……僕だって、ナバルさんとお風呂に入れるのは普通に嬉しいですよ」

気恥ずかしさはあるけれど、恋人とゆっくり入浴できるのは嬉しいし、嫌じゃない。

それに、ナバルの屋敷の風呂はとても広くて、ククリも気に入っているのだ。草原の一族にいた時は夏は川で水浴び、冬は絞った布で体を拭くくらいだった為、獣人族の元に来てから湯船に浸かる習慣を知ったが、その心地よさにすっかり風呂好きになってしまった。

「僕もナバルさんの背中、流してあげますね」

「ククリ……」

にこっと笑いかけたククリに、一瞬虚を突かれたように目を丸くする。ややあってピピッとその三角の耳を振った彼が、ブンブンと尻尾を振ってククリを抱きしめてきた。

「いいのか？　本当に洗ってくれるのか？」

『ククリにたくさん触ってもらえる……！』

ピスピス鼻を鳴らして嬉しがる大型犬、もとい狼を、ククリは苦笑しながらも背に回した手でわしわしと撫でてなだめる。

「洗ってあげますから、まずは服を脱いで下さい。このままじゃお風呂に入れないでしょう？」

さっきまでこちらをからかうようなことを言っていたくせに、嬉しがり方が飼い主大好きな大型犬そのものすぎる。

ククリに指摘された途端、ハッと身を離し、急いで服を脱ぎ出したナバルに噴き出してしまいながら、ククリも服を脱いで浴室に入った。

早速イスにナバルを座らせ、その広い背中に桶《おけ》でお湯をかける。

「ちょ……っ、ナバルさん、尻尾！　ちょっと落ち着かせて下さい」

「……すまない」

お湯が飛び散ると訴えたククリに、ナバルが謝りつつも嬉しそうにグルグルと喉を鳴らす。

今度は猫みたいだ、とくすくす笑いながら、ククリは泡立てた石鹸《せっけん》でナバルの背を丁寧に洗っていった。

「わー、もこもこ！」

しっとりと濡れた被毛は、少し指で洗うだけですぐにもこもこと泡が立つ。自分より圧倒的に大きな体があっという間にふわふわの泡で包まれるのがおもしろくて、夢中になって泡立てるククリに、ナバルが嬉しそうに笑みを零した。

「ククリが楽しそうで、俺も嬉しい」

『……俺ばかりこんなに幸せで、いいんだろうか』

と、その時、ナバルを洗う手から、彼の思考がククリに伝わってくる。

(……?)

どこか思いつめたような響きに、ククリは思わず手をとめてしまった。

『白い花嫁はもう、必要ない。草原の一族がククリを迫害することも、もうないだろう。彼が一緒に帰ると言ってくれたから連れ帰ってきてしまったが……、ククリをあのまま同族の元に帰してやらなくて、本当によかったんだろうか』

「……ナバルさん」

声を落としたククリの様子で、考えが伝わったことを察したのだろう。

ナバルが静かに謝る。

「……すまない。だが、どうしても考えずにはいられなくてな。俺は君を離したくないし、君も同じ気持ちでいてくれているのは分かっている。だが、俺は族長で、一族を離れるわけにはいかない。君と一緒にいたいと思ったら、どうしても君を同族から引き離すことになってしまう。……せっかく君が、草原の一族に受け入れられたのに」

自分が一族を束ねる立場だからこそ、ようやく同族と和解したククリの気持ちを思わずにはいられないのだろう。

声を落としたナバルの尻尾は、すっかり垂れ下がってしまっている。

どこまでも優しい恋人に、ククリは小さく微笑んだ。

――騒動の後、草原の一族の面々は、今までのことをククリに謝ってくれた。族長の命令だったとはいえ、ずっと避け続けてすまなかった、自分たちの保身の為に見て見ぬ振りをして申し訳なかったと、そう口々に謝ってくれたのだ。

(皆が僕を一族の一員としてちゃんと認めてくれて、本当に嬉しかった。今までこっそり助けてくれていた人たちにも、ようやくお礼が言えたし)

思うところがまったくないと言ったら嘘になるけれど、あの状況でビャハに従わなければ、その人が一族から爪弾きにされていたことは理解できる。仕方なくビャハに従っていたからこそ、皆その目を盗んでククリとツィセを気遣ってくれていたのだということも。

だからククリは一族の人たちの謝罪を受け入れ、これまでのことを許すことができた。

(でもそれは、ナバルさんがいてくれたからこそだ)

しっとりと濡れた広い背中にそっと頬を押し当てて、ククリは言った。

「……僕が一族の人たちと和解できたのは、ナバルさんがいてくれたからです。ナバルさんが僕に居場所をくれたから、だから僕は一族の人たちを許すことができた。僕にはナバルさんがいてくれる、ナバルさんはなにがあっても絶対に味方でいてくれるって、そう思えたから」

いくら頭では相手にも事情があると分かっていたって、怒りや恨みといった負の感情はそう簡単に割り切れるものではない。

ナバルがいなければ、きっと自分は彼らの謝罪を心から受け入れることはできなかっただろう。

「確かに、僕はずっと一族の人たちに受け入れられたいと思っていました。一族の一員として認められたい、皆と一緒に普通に暮らしたいって。でも今はそれよりも、ナバルさんと一緒にいたい」

「……ククリ」

「ナバルさんだけが幸せだなんて思わないで下さい。僕だって、ナバルさんと一緒にいられて幸せなんですから」

（ちゃんと、伝えないと）

右手から伝わってくるナバルの不安をまっすぐ受けとめて、ククリは自身に言い聞かせた。

自分はこの力で、ナバルの気持ちが全部分かってしまう。だからつい、自分の気持ちも彼に全部伝わっているような錯覚を覚えてしまう。

でも、それは甘えだ。

ナバルが自分にまっすぐ想いを向けてくれていることに甘えて自分の気持ちを口にしなければ、彼には伝わらない。言わなくても伝わる想いもあるだろうけれど、ナバルのように全部を伝えるには、ちゃんと言葉にしなければならない。

（この先もずっと、忘れないようにしないと。この力に、ナバルさんに、甘えすぎないように）

ずっとナバルと一緒にいたいのだから――。

自分の肝にしっかりと銘じて、ククリは改めて自分の想いをナバルに伝える。

「僕は僕の意思で、あなたと生きていくことを選びます。……一緒にいてくれますか、ナバルさん」

大きくて広い、熱い背中に額をつけたままそう聞いたククリに、ナバルが大きく息を吸う。

緊張した様子で身を強ばらせた彼は、低い声でククリに告げた。

「こっちに来てくれないか、ククリ。ちゃんと君の目を見て、伝えたい」

上半身を捻ったナバルが、ククリに手を差し伸べる。その手を取ったククリを自分の膝に座らせて、ナバルはじっとククリを見つめてきた。

野性的な金色の瞳に、強い光が灯る——。

「俺を選んでくれてありがとう、ククリ」

真剣な面もちで告げたナバルが、しっかりとククリと手を繋ぐ。

溢れんばかりの喜びと共に、緊張と不安、揺るぎない覚悟が、繋いだ右手から伝わってきた。

「君に俺を選んだことを後悔させないよう努めると、約束する。必ず、幸せにする。だから、俺と一緒になってほしい」

じっとククリを見据えて、ナバルが懸命に言葉を紡ぐ。

『生涯、君を愛し抜く。ずっと、ずっと大切にする。だから、どうか』

「……どうか俺と結婚してくれ、ククリ。契約の花嫁としてではなく、俺の生涯の伴侶として」

「ナバルさん……」

いつも余裕のある彼の、必死で切羽詰まった声に、ククリは胸の奥がジンと熱くなるのを感じながら頷いた。

「……はい」

言葉と心の両方で嘘偽りのない気持ちを伝えてくれたナバルの、太陽を溶かし込んだみたいな金色の瞳をしっかりと見つめ返して、自分も精一杯言葉を尽くす。

「僕も……、僕も、あなたと一緒にいたい。僕の全部で、あなたを幸せにしたい……！」

ククリ、と目を細めたナバルが、そっと顔を寄せてくる。くちづけと共に、ナバルの心の声が頭の中で響いた。

『好きだ、……好きだ、ククリ』

（……僕も）

大きな狼の口を啄み返しながら、繋いだ手にぎゅっと力を込める。

言葉には言葉で、想いには行動で応えて、ククリはそっと触れるだけのキスを解く。

照れてはにかむククリを甘く見つめて、ナバルがグルグルと喉を鳴らして言った。

「次は俺に君を洗わせてくれ」

「え……、あ……」

向かい合う形でククリを膝に乗せたまま、ナバルが石鹸を泡立てる。たっぷり泡を立てた手で肩から腕にかけて優しく撫でられて、ククリはくすぐったさに身をすくめてしまった。

「……っ、ナバルさん、自分で洗えますから……」

「駄目だ」

しかしナバルは、ククリが彼を押しとどめようとした途端、ちょっとムッとしたように唸る。

「せっかく君の隅々まで可愛がれる大義名分をもらったのに、俺からそれを奪わないでくれ」

「大義名分って……」

大仰な物言いに驚いてしまったククリだが、ナバルはまるで大事な宝物を急いで隠そうとするかのように、勢いよくククリの唇を塞いでくる。

「ん……っ、ん、ん……っ、ん……！」

胸元に泡を塗り広げる大きな手に、あっという間にぷっちりと実ってしまった胸の尖りをするりと撫でられて、ククリは焦って身を捩《よじ》った。

「っ、駄目です、ナバルさ……っ」

慌ててナバルの膝から降りたククリだったが、離れるより早くナバルに引き戻されてしまう。

膝の上に後ろ向きに座らせたククリを、背後からすっぽりと抱きすくめて、ナバルが咎めるように首筋を甘く噛む。

「ん……、どこに行くんだ、ククリ。まだちゃんと洗えていないだろう」

ちゅ、と首元にキスを落としたナバルが、逃げようとした罰とばかりに、きゅうっと胸の先をつまんでくる。

「……っ！」

かろうじて嬌声は呑み込んだものの、びくっと過敏に反応してしまったククリの耳の後ろに鼻先を押し当て、すうっと息を吸い込んだナバルが、うっとりと蕩けそうな声で呟いた。

「……いい匂いだ」

ハア、と耳にかかる熱く濡れた吐息に、ククリはたまらずきゅっと腿を閉じた。まだ触られてもいないそこに、ジンと熱が灯る――。

「ナバル、さ……っ、なにして……っ」

かぷかぷと耳朶《じだ》を甘噛みされながら、泡で滑る指先でくりくりと尖りを弄られて、ククリはたまらずナバルの太い腕をぎゅっと摑んだ。

こんなところでなにをするのか、お風呂に入るんじゃなかったのかと、声が響くのを気にして小声で咎めるククリに、ナバルがハア、と熱い吐息を零して言う。

「こんなにいい匂いをさせている君を前に、俺に我慢しろと？」

『こんなに蕩けそうな、甘い発情の匂いをさせておいて？』

「……っ、ナバルさ……っ、んんん……！」

そんな匂い嗅がないでほしい、そんなに嬉しそうにされたら恥ずかしい、とナバルを遮ろうと顔を後ろに向けたククリだったが、すかさず顔を寄せてきたナバルに唇を塞がれてしまう。

長い舌で舌先を甘やかすように舐められながら、つるつるの爪の表面でこりこりと胸の尖りを可愛がられて、ククリはたちまち息を乱してしまった。

「ん……っ、んぅ、ん……っ」

『……可愛い。可愛い、ククリ。愛している』

摑んだままのナバルの腕から伝わってきた、濃縮された糖蜜のような甘い、低い声が、ククリの頭の中に響く。可愛い、好きだと幾度も繰り返すその囁きに、なによりも感じてしまって、ククリはぎゅうっと身を縮こまらせた。

「は……っ、ん、んん……！」

「ん……、ククリ、……こっちもだ」

キスの合間に熱く濡れた息を零しながら、ナバルがククリの腿をぐいっと手で押し開く。

「あ……！　……っ」

慌てて足を閉じようとしたククリだったが、すぐにナバルに足を割り入れられ、閉じられないように固定されてしまう。

羞恥に真っ赤になったククリのこめかみにキスを落としたナバルが、石鹼を泡立てつつ、欲情にかすれた声で言う。

「ここも、洗わせてくれ。後で俺が舐めても、君が恥ずかしがらないように」

「……っ」

舐められること自体が恥ずかしいんですとか、絶対洗うだけじゃ済まないでしょうとか、色々言いたいことはあるのに、その一言でこれからされること全部を想像させられて、一気に体が熱くなってしまう。

すっかり形を変えたそこが、ククリの肩越しに見えたのだろう。ナバルが待ちきれないようにグルル、と喉を鳴らして、もこもこの泡をたっぷり乗せた手でやわらかく包み込んできた。

「っ、あ……っ、ナバルさ……っ、ん……！」

「ん……、可愛い、ククリ。もっと、俺の手で気持ちよくなってくれ。……もっと、この匂いを俺にくれ」

熱っぽく囁いたナバルが、嗅ぐだけでは飽き足らない様子でククリの耳の後ろを舐め始める。ちゅ、と時折啄みつつ、大きな狼の舌で敏感な耳朶をさりさりと舐めくすぐられて、ククリは懸命に押し寄せてくる快感の波を堪えようとした。

「ん……っ、っ、ん、んん……！」

必死に声を堪えるククリをよそに、ナバルがその大きな手でククリの屹立《きつりつ》を扱き立てる。蜜を零す先端も、張りつめた幹も、根元の蜜袋も、ふわふわの泡で丁寧に洗われながら、同時に愛撫《あいぶ》されて、どうにかなりそうなくらい気持ちがいい。

ぐっとより大きく足を開かされ、ナバルにほとんど体重を預けるような格好で、彼しか知らない場所をくるくると指先で撫でられて、ククリはたまらずナバルの腕に縋《すが》りついて甘い声を零した。

「あ……っ、あっあっんんん……！」

「……っ、ククリ……っ」

グルル、と喉を震わせたナバルの心の声が、ククリの頭の中をいっぱいに犯す。

『ここも、ここも、……この奥も、早く舐めて、なにも考えられないくらい気持ちよくしてやりたい。今すぐ全部俺のものにして、ちょっとやそっとじゃ消えないくらい、君に俺の匂いをつけたい……！』

緊張にきゅっと収縮する花弁を、ひとひらずつ丁寧に、性急にくすぐりながら、ナバルがククリの耳に幾度もくちづけてくる。

まるでこれからすることを模すように、耳の奥まで入ってきたなめらかな熱い舌に、くちゅくちゅと卑猥な蜜音を立てて舐めくすぐられて、ククリはたまらずナバルに訴えた。

「ナバルさ……っ、んんっ、もう、も……っ、ちゃんと……っ」

いやらしい想像で頭をいっぱいにされて、もうそれだけで昇りつめてしまいそうで、恥ずかしくてたまらない。せっかくこうして触れ合っているのだから、ちゃんとナバルに愛されて気持ちよくなりたいし、彼のことも愛したい。

「そこ、ちゃんとして……っ、ナバルさんの思ったこと、全部して……っ」

泡ではないぬめりをとろとろと零しながら、うずうずと腰を揺らしてねだるククリの痴態をじっと見つめつつ、ナバルがぺろりと鼻先を舐めて低く唸る。

「……ああ。全部、してやる」

「あ……」

ククリを抱き上げて立ち上がった彼が、湯船へと向かう。置いてあった桶で湯を汲み、二人の体についた泡を流すと、ナバルはそのままザブリと湯に身を沈めた。

「ん……」

あたたかさにほっと息をついたククリだったが、ナバルはククリを膝から降ろすと、くるりと後ろを向かせ、自分はその背後に回る。自然と膝立ちになったククリは、浴槽の縁を摑んで、慌ててナバルを振り返った。

「ナ……、ナバルさん、ここで……？」

確かに先ほどから愛撫はされていたけれど、まさかここで最後までするつもりだろうか。

寝室じゃないし、それにまだ昼間なのにとうろたえたククリだったが、ナバルはククリを背後から抱きしめると、グッと腰を押しつけて低く唸る。

「寝室までなんて、到底待てない」

「ぁ……」

ゴリッと当たった太く硬い熱に、ククリはびくっと身を震わせてしまう。一気に赤くなった首すじを甘く嚙みつつ、ナバルが濡れた声で囁いた。

「君ももう、待てないだろう？」

前に手を回したナバルが、ククリの屹立を包み込んでくる。

しっとりと濡れた被毛に覆われた大きな手でやわらかく扱かれて、ククリは思わず息を詰めた。

「ん……っ！」

「……今すぐ君が欲しい」

ハア、と熱い吐息を零したナバルが、ククリのそこから手を離し、ぐっと双丘を押し開く。

「あ……」

「……ん」

緊張に震える内腿に幾度かキスを落としてから、ナバルは奥まった場所にくちづけてきた。

あらぬところをくすぐるやわらかな被毛と熱い吐息の感触に、ククリはぎゅっと湯船の縁を摑んで息を詰める。

「ん……！」

「……力を抜いてくれ、ククリ」

身を強ばらせるククリにかすれた声で囁いて、ナバルがそこに舌を這わせてくる。

濡れたなめらかな長い舌に敏感な襞《ひだ》を優しく舐め上げられて、ククリは堪えきれず熱い息を零した。

「あ……っ、んんっ、は……っ」

ぴとっと押し当てられたまま、ぬちゅぬちゅと花弁を乱され、恥ずかしいのに気持ちよくてたまらない。

尖らせた舌先が潜り込んでこようとするのが怖くて、それなのにもっとしてほしくて。

「は……っ、あ、ん、んー……！」

ずぷ、と押し込まれた太い舌に、ククリは思わず背を反らして身を震わせた。ぬめる熱い、長い舌が、ぐうっと隘路を押し開き、奥へ奥へと進んでくる。

「あ……っ、は、あ、あ……！」

「ん……」

反射的に腰を逃がそうとするククリを咎めるように、ナバルが再び前に手を回してくる。濡れた手で張りつめた熱芯を扱かれながら、より一層奥までたっぷりと舌で愛されて、ククリはとろんと目を蕩けさせてしまった。

「ん……っ、ん、んん……っ」

太い舌から滴り落ちてきた蜜が、一番深い場所をしとどに濡らす。

ナバルが屹立を愛撫する度、ちゃぷちゃぷと揺れるお湯に臍《へそ》を、胸の尖りをくすぐられて、それにすら感じてしまう。

人間ではあり得ないくらい深くまで届く、なめらかな獣の舌。本当なら誰も触れないはずの大事な場所を犯されて怖いはずなのに、ナバルが愛してくれている、彼を受け入れる為に準備されていると思うだけで、中が熱く疼いて、ひくひくと淫《みだ》らに震えてしまう——。

「……っ、ナバルさ……っ」

おずおずと腰を揺らし、かすれた声で呼んだククリに、ナバルがゆっくりと顔を上げる。

愛しいオスを迎え入れる準備がすっかり整った番を、欲情に濡れた目でじっと見つめ、ぺろりと口元を舐めたナバルが、ククリを抱き起こして湯船に身を沈めた。

膝に乗せたククリを後ろから抱きしめ、ちゅ、と耳元にキスを落として囁く。

「……痛かったり苦しかったりしたら、すぐに言ってくれ」

「あ……」

背に当たる逞しい熱に反射的に身をすくませたククリの腰を摑んだナバルが、位置を合わせる。

ナバルの腕に縋りついたククリは、ひくつく蜜鞘に反り返る雄刀をゆっくりと押し込まれて、あられもない声を放った。

「あ、あ……っ、あぁあ……っ！」

「……っ、ククリ……」

呻いたナバルが、グルル、と喉奥で低く唸る。

ナバルの腕を摑んだ右手から、彼の思考が伝わってきた。

『なんて狭さだ……。こんなの、ククリは苦しいんじゃないか……？』

「っ、ナバルさん……」

快感に呻きつつも、真っ先に自分の心配をしてくれる恋人に胸がいっぱいになってしまって、ククリは懸命に身を捩ってナバルの口元にキスを送った。

「ん……、平気、です……。い、から、もっと……っ」

「……ククリ」

一瞬驚いた表情を浮かべたナバルが、ククリの唇を啄み返して微笑む。

「……ああ、分かった。ゆっくり、するな……？」

「ん……っ、んんっ」

こくこく頷くククリに幾度もくちづけながら、ナバルが少しずつククリの中に己を埋めていく。

「あ、んんっ、……っ」

「は……、大丈夫か、ククリ？」

問いかけつつ、ナバルがククリの髪に鼻先を埋めて匂いでも確認する。

ククリが苦痛を感じていないことが伝わったのだろう、少しほっとしたように息をついたナバルの胸元に身を預けて、ククリはハア、と荒く胸を喘がせた。

「ん……っ、大丈夫、ですけど……、なんか、前より奥まで入ってる……？」

どうしてかは分からないが、前にナバルに抱かれた時より奥に彼がいる気がする。

自重のせいだろうか、それにしてもこの間とはまるで違う、と不思議に思ったククリに、ナバルが少しバツの悪そうな様子で告げる。

「まあ、前回は瘤《こぶ》のせいで、途中までしか入れられなかったからな」

「瘤？」

首を傾げたククリに、ナバルは苦笑いを浮かべて問いかけてきた。

「……犬科の交尾を見たことはあるか？」

「え……、……っ、あ……？」

ナバルの質問に、一族で飼っていた牧羊犬を思い浮かべたククリは、まさかと息を呑む。

（そうだ、確か雄の犬の性器って……）

雄の犬の性器は、挿入すると根元に瘤ができる。確実に子孫を残す為、容易に抜けないように栓の役目を果たすのだ。

まさかあの時、ナバルもそうなっていたのかと驚いたククリに、ナバルが苦笑して言う。

「俺たち獣人は、赤い満月の夜に獣の性質が濃くなるからな。だから前回は全部は挿れず、途中までで……、ククリ？」

説明の途中で、ナバルはククリがムッとした表情を浮かべていることに気づいたらしい。

「すまない、嫌だったか？　やはり、獣と交わるのは……」

「違います。僕が怒っているのは、ナバルさんが僕に黙って我慢していたことです」

赤い満月のせいで獣としての本能が強くなり、理性を失いかけていたはずなのに、それでも自分のことを気遣っていた恋人が愛おしくてもどかしい。

手を繋いでいたのに分からなかったのが悔しいと思いつつ、ククリは首だけ後ろに向けてナバルの口元にくちづけた。

「……瘤ができるのは、赤い満月の時だけなんですか？」

「いや……。だが、できそうになったら抜こうと……」

「抜いたらダメです」

きゅっと意識してナバルの雄茎を締めつけて、ククリはかぷっと彼の顎に噛みついた。驚いたように息を呑むナバルを見上げて、めっと視線で軽く咎める。

「僕、したいこと全部して下さいって言いました」

「ククリ……、だが」

「……ナバルさんの全部を、受けとめたいんです」

ナバルの手を片方取って、両手で持ち上げる。

大きな手がずっしりと重かったのは最初の一瞬だけで、そんなところも好きだと思いながら、ククリは白銀の被毛に覆われた手の平にキスを落とした。

「好きです、ナバルさん。僕をちゃんと、あなたのお嫁さんにして下さい」

「……っ」

言った途端、息を詰めたナバルの熱塊がどくっと脈打ち、一層大きく膨れ上がる。まだ瘤ができた様子はないものの、明らかに容積を増した雄に中から隘路を押し広げられて、ククリは艶声を零した。

「ん……っ、あ、あ……？」

「……後悔しても、もう遅いからな」

グルルッと唸ったナバルが、ククリの腰を掴み、下からぐんっと突き上げてくる。そのままぐじゅっ、ぐぷっと激しく腰を送り込まれて、ククリはたまらずナバルの腕にしがみついた。

「あんっ、あっ、や、や……っ、お湯、入っちゃう……っ」

「……っ、すぐに俺の精液で追い出してやる……！」

「んぅ……っ、んんんっ！」

唸ったナバルがククリの顔を自分の方へ向けさせ、唇を奪う。体格差のある獣人だからこそできる深いくちづけでククリの舌を翻弄しながら、ナバルはククリの屹立を激しく扱き立ててきた。

「んっ、んんっ、あんっ、あっあっあ……っ、ダメ……っ、お湯、お湯、汚れちゃう……っ」

湯船の中で指の腹に容赦なく先端を苛められて、ぬめりがどんどんひどくなっていく。くりくりと指が往復する度、濡れた被毛が小孔に入り込んで、甘痒くて気持ちよくて、ぬるぬると蜜が止め処なく溢れてしまう。

このままだとお湯を汚してしまうと喘いだククリの唇を甘く噛んで、ナバルが低く唸る。

「君のこんな淫らな匂いでいっぱいの風呂を、他の者に使わせるわけがないだろう？　この匂いは、俺だけのものだ」

『匂いだけじゃない。この可愛い声も、心も、なにもかも全部、俺のものだ。なに一つ、誰にも渡さない。絶対に……！』

ククリが右手で触れていることは分かっているだろうに、まるで気にすることなくナバルが言葉と心と両方で独占欲を丸出しにする。

耳から聞こえてくる声と頭の中で響く声、どちらがどちらなのかもう分からなくて、でもきっともう、どっちも変わらなくて。

「あ……っ、ナバルさ……っ、んん……！」

ぐぷんっと奥まで入り込んできた剛直が、知らなかった場所に性感を植え付けていく。お湯とはまるで違う、ねっとりとした熱い蜜を一番深くになすりつけられて、ククリは一層強くナバルの腕を摑んだ。

『愛している、ククリ。全部、……全部愛おしくて、可愛くて、どうにかなりそうだ』

「ナバル、さ……っ、あっ、んんっ、僕も……っ、僕も、大好き……っ」

「……ククリ」

嬉しそうに目を細めたナバルが、一層深くくちづけてくる。大きな獣の舌に思うさま可愛がられながら頭の中で絶えず想いを囁かれて、ククリは快感に瞳を潤ませた。

『好きだ……、好きだ、ククリ。このままずっと、君を抱いていたい。ずっと、俺のことしか考えられなくしてやりたい……！』

自分より遥かに大きな獣にすっぽり抱きしめられ、燃え滾《たぎ》る雄に隘路を埋め尽くされ、頭の中までナバルでいっぱいにされて、気持ちよくてたまらない。

身も心も全部愛され、ナバルのものにされて、嬉しくて、幸せで。

「ん、ん……っ、もち、い……っ、きもち、い、よう……っ」

「……っ、ククリ……」

きゅんきゅんと熱杭を締めつけて身悶えるククリにナバルが息を詰めたと同時に、彼の雄茎がびくびくっと跳ねる。

『っ、あ……！』

頭の中でナバルのかすれた声が響いた次の瞬間、奥まで埋め込まれている雄の根元がぶわりと膨らんで——。

「あ……っ！　んああっ、あ……！」

「……っ、大丈夫か、ククリ……？」

びくびくっと身を震わせたククリをしっかりと抱きしめて、ナバルが声をかけてくる。

獣の形に広げられた蜜鞘をきゅうっとすくませて、ククリは懸命にこくこくと頷いた。

「ん……っ、うれ、し……っ」

「……ククリ」

「好き……、大好き、ナバルさん……」

自分の体でナバルが気持ちよくなってくれたことが、夢中で求めてくれていることが嬉しくて、それだけでもう昇りつめてしまいそうになる。

ふわふわとした多幸感に包まれ、ちゅ、ちゅっとナバルの口元に何度もキスを送ったククリに、ナバルがグルグルと喉を鳴らして囁いた。

「……動くぞ」

「ん……っ、あ……！　っ、あっあっあっ」

こくりと頷いた途端、長い腕に抱きしめられ、密着したままぐっぐっと腰を押し込まれる。
ハ、と息を乱したナバルが、ククリの首すじの匂いを嗅いで、うっとりとため息をついた。
「……ああ、さっきより匂いが濃くなった。気持ちがいいんだな、ククリ？」

『こんなに細い体で俺の全部を受けとめて、こんなにも気持ちよくなってくれるなんて、本当に可愛くてたまらない。俺も……、俺も、信じられないくらい気持ちがいい。このままずっと繋がって、俺の形を刻み込みたい……』

快楽と喜びに満ちた声を、ククリの耳と頭の中で響かせたナバルが、欲望のままに腰を揺らめかせる。

大きく膨らんだ根元の瘤で快楽の塊のような隘路の膨らみをぐりゅぐりゅと押し潰され、同時に深い場所を逞しい切っ先で何度も突かれて、ククリは眩《くら》むような快楽にあられもなく喘いだ。

「あ、あ、あ……っ、あんっ、あああっ、あああ……！」

『……っ、全部、全部俺のものにしたい……！　一生消えないくらい、俺の匂いでいっぱいにしてやりたい……！』

「んっ、ん……っ、して……っ、いっぱい、ナバルさんの匂い……っ、いっぱいつけて……っ」

頭の中で響いた声に無我夢中で答えた途端、ナバルが息をくっと詰め、ぐちゅんっと腰を突き上げる。

びくびくっと震える獣の肉槍に奥の奥まで貫かれて、ククリは湯の中にパッと白花を散らした。

「ひああ……っ、あああああん！」

「っ、ククリ……！」

逃がさないとばかりにククリを抱きすくめたナバルが、びゅううっと種を注いでくる。

とろとろになった蜜壺の奥で、濃厚な雄蜜がぐじゅうっと泡立ちながら弾けるのが分かって、ククリはぴくぴくと身を震わせながら、蕩けきった声で快楽を甘受した。

「あ……っ、んん、あ、あ……っ」

みっちりと隘路を埋め尽くしたまま、濃密な熱情でたっぷりと番に匂いつけをした獣が、満足気にグルグルと喉を鳴らしてくちづけてくる。

「ん……」

『……愛している』

耳と心の両方で同時に響いた囁きに、ククリは僕も、と微笑んだ。

繋いだ手を、ぎゅっと握りしめながら。

――一ヶ月後。

その日、獣人の里は朝から慌ただしい雰囲気に包まれていた。

バタバタと駆け回る屋敷の獣人たちの足音に、円座に座ったククリはそわそわと呟く。

「僕もなにか手伝わなくていいのかな……」

「主役がなに言ってんだい」

肩をすくめながらククリの髪を整えるルイテラの隣で、ツィセも紅を指先に取りながら頷く。

「そうよ。大体私の時だって、お兄ちゃんがあれこれ支度してくれて、私にはなにもさせてくれなかったじゃない」

「……そういえばそうだったっけ」

ほんの数ヶ月前のことなのに、色々あったせいかなんだか遠い過去みたいだ。

(まさか、もう一度この衣装を着ることになるなんて……)

相変わらず重くて動きにくい、豪奢な刺繍と色とりどりの宝石が縫い込まれた真っ赤な婚礼衣装の袖をつまむククリに、ツィセがハイ目閉じて、と指先を近づけてくる。

大人しく目を閉じ、目元に紅を引いてもらいながら、ククリはふうと息をついた。

――今日は、ククリとナバル、そしてサーニャとヤミの婚礼の日だ。

若き族長と大精霊の加護を受けた人間、そして将来有望な若者と救い出された白い花嫁の、二組合同の婚礼は、二つの種族の和解の象徴でもある。おかげで、獣人族ではここのところずっと、お祭りが十個くらいいっぺんに開催されているような大騒ぎっぷりだ。

(僕としては、サーニャさんとヤミさんの結婚式だけでも十分だと思うんだけど……)

一ヶ月前にナバルから正式に伴侶となってほしいと申し込まれて承諾し、一緒の屋敷で生活を共にしているククリからすると、改めて式を挙げなくてもと思わないでもないが、族長の結婚ともなるとそうはいかないらしい。

とはいえ、獣人族と草原の一族によって救い出されたサーニャと、すれ違いながらもお互いずっと想い合っていたヤミが結ばれるのはとても喜ばしく、彼らと一緒に式を挙げられるのはククリとしても光栄だし嬉しい。

先ほど少し顔を出した彼らの支度部屋では、彼女の希望で獣人族の花嫁衣装に身を包んだサーニャのそばにヤミが跪《ひざまず》き、彼女の手を握ったまま勢いよくブンブン尻尾を振って、綺麗だ、本当に綺麗だと、ずっと繰り返し褒めちぎって、うっとりと見とれていた。

狼獣人は群れや家族を大事にするし、特にオスは伴侶に一途でベタ惚れだからねえ、とはルイテラの言である。

(……心当たりがありすぎる)

衣装合わせの時、ヤミと似たり寄ったりな状態だったナバルを思い出して、こっそり笑みを零したククリに、ルイテラが額飾りをつけてくれる。

「よし、これで全部だね。それにしても、草原の一族の花嫁衣装は随分飾りが多いねえ」

綺麗だけど重そうだ、と目を丸くするルイテラに、ククリは苦笑して頷いた。

「元々豪華なんですけど、一族の人たちが、せっかくだからもっと華やかにしようって、色々足してくれたんです」

「……あんたの花嫁姿も見てみたかったよ、ツィセ」

母の友人だったルイテラは、ツィセとククリの母代わりのような気持ちでいてくれているらしい。

さぞかし綺麗だったんだろうねえ、と目を細めるルイテラに、それほどでもとツィセが照れ笑いを浮かべる。

今日の婚礼には、草原の一族も招かれている。

花嫁の奪還で協力し合った経緯もあり、この一ヶ月で急速に仲を深めた二つの種族は、若者を中心にすでに何度か交流会も開かれており、すっかり和解の道を進んでいる。アロなどは、ナバルの供で草原の一族を訪れる内に子供たちと仲良くなったらしく、人間の子供の遊びをリィンや仲間たちに教えて得意気にしていた。

遠い異国に売られた花嫁たちは幸い無事で、奴隷としてつらい目に遭った娘も、今は家族の元に戻って心身の傷を癒やしている。彼女たちの傷が癒えるにはまだ時間がかかるだろうが、同族を取り戻した草原の一族と、新しく族長となったオダイが、全面的に支えになってくれることだろう。

(……これからはきっと冬の間だけじゃなく、獣人族と草原の一族とで交流が続いていく。僕はどっちの立場にも立って、皆の話を聞けるような存在になりたい)

和解しつつあるとはいえ、そもそもまったく違う種族同士なのだ。時には諍いも、すれ違いもあるだろう。

そんな時、自分は互いの仲を取り持つ立場でありたい。

人間からも、獣人からも信頼してもらえる存在になりたい。

（……ならなきゃ。父さんと母さんは、僕がいつか人を助けることができるはずだって、そう信じてくれたんだから）

手袋を付けた右手をきゅっと握って、ククリは静かに目を閉じ、空の上に思いを馳せた。

両親が信じてくれた自分を、自分は信じて歩いていこう。

自分の選んだ場所で、大切な相手と一緒に。

「ククリ、そろそろいいか？」

コンコンとノック音と共に、扉の向こうでアロが声をかけてくる。

「うん、今行くよ」

長いヴェールを引っかけないよう注意しながら立ち上がり、廊下に出たククリを見て、アロがヒュウッと口笛を鳴らした。

「うわあ、すっげぇ綺麗だな、ククリ！　こんなに綺麗な姿見たら、横恋慕する奴が出てくるんじゃないか？」

「もしいたら、そいつは相当な命知らずだろうね。即、ナバルの槍の餌食だろうよ」

呆れ半分、苦笑半分といった様子で返したルイテラに、ツィセもくすくすと笑って頷く。

「目に浮かびますね。ナバルさん、お兄ちゃんの前だと普段と全然顔つきが違うもの」

「ツィセまでやめてよ……」

妹にまでからかわれて、いたたまれなくなってしまったククリだったが、ツィセはククリの両手をそっと取ると、改めて目を見つめて言う。

「幸せになってね、お兄ちゃん。私もちゃんと、幸せになるから」

「ツィセ……。……うん、ありがとう」

お礼を言って、ククリはぎゅっとツィセと抱擁を交わした。涙ぐむツィセの目元を拭ってやっていると、どこからともなくメラが現れ、すいっと近寄ってくる。

「!?」

花嫁姿のククリにびっくりしたように目を見開いたメラが、くるくるとククリの周りを回って興奮したようにぴょんぴょん跳ね出す。

どうやら似合うと褒めてくれているらしいメラに、ククリは少し照れつつお礼を言った。

「ありがとう、メラ。これからもよろしくね」

「！」

当たり前だと言わんばかりに胸を張ったメラに微笑んで、一緒に外へと向かう。

——開け放たれた扉からは、眩しいくらいの陽の光が差し込んでいた。

さわさわと葉が擦れ合う音に混じって、集まった人々のさざめきと小鳥の声が聞こえてくる。

雪解けの爽やかな匂いと、涼やかな空気。

すっかり肌に馴染んだ、新しい故郷の風——。

「……ククリ」

扉のすぐ前で待っていたナバルは、ククリに合わせて誂《あつら》えられた、真っ赤な婚礼衣装に身を包んでいた。

逞しい長身を一層引き立てる、豪奢な刺繍が施された礼装。白銀の被毛も金色の瞳も、陽光にキラキラと煌めいて、この上なく美しくて。

「ナバルさん……っ」

こちらに微笑みかけてくれている彼に、一気に想いが溢れて、ククリは衝動のままタッと駆け出した。重い衣装のまま飛びついたククリをなんなく受けとめたナバルが、片腕にククリを抱き上げて笑う。

「誰にも見せたくないくらい綺麗だ」

「……ナバルさんも、素敵です」

こっそり笑い合って、頬をぴったりくっつけ合う。

そのままキスしようとしてくるナバルを、後でとたしなめて、ククリは手袋を付けたままの右手を彼の前に差し出した。

「取ってくれますか？」

「ああ、喜んで」

ククリの指先を優しく口で銜えたナバルが、するんと取った手袋をぽいと放る。

軽くなった両手でぎゅっとその首元に抱きついて、ククリは笑みを弾けさせた。

「大好きです、ナバルさん」

『……俺もだ』

グルグルと喉を鳴らしたナバルが、光の中へと歩き出す。

ワッと上がった歓声と共に、花吹雪が降り注ぐ。

春の、恋の香りに包まれながら、ククリは指先から伝わってくる大きな愛を、しっかりと抱きしめた——。

後書き

こんにちは、櫛野ゆいです。この度はお手に取って下さり、ありがとうございます。

拙作ではすっかりおなじみの溺愛獣人攻め、いかがでしたでしょうか。今回、他人の心が読めてしまう主人公を考えた時、お相手は正々堂々としていて後ろ暗いことがまったくない攻めがいいなと思って。結果、ククリの力を知っても怯《ひる》むことのない、むしろ好きな相手に自分の気持ちを全部知ってもらえると喜んでしまう、非常にワンコみの強い狼になりました。ちょっと暴走しがちですが、ちっちゃくて可愛いククリに萌え転がるナバルの心の声、お楽しみいただけていたら嬉しいです。

脇役はどの子もお気に入りですが、特に楽しかったのはやっぱりメラかな。人語を話さない生き物を書くのが大好きなので、メラメラさせたりパチパチさせたりするのが楽しかったです。

挿し絵をご担当下さったShikiri先生、キャッチーで素敵なイラストをありがとうございました。ナバルやククリはもちろんなのですが、キャララフのメラが可愛くて可愛くて、出番が増えました！細かな描写を丁寧に汲《く》み取って描き上げて下さり、本当にありがとうございました。

スケジュールの面で多々ご調整下さった担当様もありがとうございました。初の四六版、素敵な装丁にして下さり、とても嬉しいです。

最後までお読み下さった方も、ありがとうございました。一時でも楽しんでいただけたら幸いです。よろしければ是非ご感想もお聞かせ下さい。それではまた、お目にかかれますように。

櫛野ゆい　拝

初出一覧

白狼族長と契約結婚 ～仮の花嫁のはずが溺愛されてます～

書き下ろし

弊社ノベルズをお買い上げいただきありがとうございます。
この本を読んでのご意見、ご感想など下記住所「編集部」宛までお寄せください。

リブレ公式サイトで、本書のアンケートを受け付けております。
サイトにアクセスし、TOPページの「アンケート」から
該当アンケートを選択してください。
ご協力お待ちしております。

「リブレ公式サイト」
https://libre-inc.co.jp

白狼族長と契約結婚
～仮の花嫁のはずが溺愛されてます～

著者名　櫛野ゆい

発行日　2025年4月18日　第1刷発行

発行者　是枝 由美子

発行所　株式会社リブレ

〒162-0825 東京都新宿区神楽坂6-46
ローベル神楽坂ビル
電話03-3235-7405(営業)　03-3235-0317(編集)
FAX 03-3235-0342(営業)

印刷所　株式会社光邦

装丁・本文デザイン　株式会社アフターグロウ

Printed in Japan
ISBN 978-4-7997-7159-4